天下文丛

海德堡笔记

张清华 著

中国人民大学出版社
· 北京 ·

目　录

深秋海德堡

很难想象该用一个什么样的比喻，来描述这座城市，用童话，美人，或者画境？看来都不准确。来之前，早已从友人和许多文章书籍中知道它，知道它是一座很有名的旅游城市，一本书中还说它是德国“最浪漫”的城市，这样的描述真是让人懵懂又神往的。照常理，世界上的很多地方总是名不副实的，言过其实，或有名无实。百闻不如一见的总是少，眼见不如听说的倒常常居多。用文字或者镜头装饰出来还可以，若是真的到了那里，大约总不过尔尔。

可海德堡却似乎可以算得上是个例外。

它的美超乎了我的预料。友人说：你来得不是时候呢，要是夏天就好了。我不知道夏天会好成什么样子，可我看到这秋天，却是丰富和绚烂到了极点。夏天的照片我后来看到了，是很漂亮，生机勃勃，阳光下，草地上，绿荫里，鲜花丛中，摆满了啤酒，熙熙攘攘着如织的游客，还有野餐和休闲的本地人。我想那可能是他们最舒服的一个季节，但却未必是最漂亮的季节。在这个纬度偏高又潮湿多雨的国家，夏天的白昼格外长，气候也最宜人，所以他们迷恋明朗的夏天是很自然的，但真正漂亮的季节，在任何地方我相信都是秋天，而不是别的季节。

今年的秋天似乎特别长。友人说，好奇怪啊，往年这时候就是冬天的感觉了，可今年却不，还很温暖。我说，这有什么奇怪的，因为我来了嘛——这当然是开玩笑。离开国内的时候，天气已经很有些寒气，到北京的一路上，满眼所见的是一片暮秋的寥落，树叶都已落得差不多了，田野除了稀疏而寒怆的麦苗，难见点生气。可这里却还是仲秋时节的景象，树木繁茂，绿草如茵，山上茂密的丛林呈现出由碧绿、浅黄、赭石到深红许多不同的颜色，交混一起，是一幅典型的油画的效果——我现在知道了为什么会出现两种完全不同的艺术：中国画和西洋油画，那完全都是对自然的模仿的结果。亚里士多德说的对，艺术起源于模仿。

我从靠近郊区的住处，慢慢走向它。像去认识一位刚刚被介绍的朋友，怀了兴奋、悸动，些许的急切与惶恐——如说是一位美女不免会肉麻，但

黄昏时分的涅卡河，安详、静谧，有一种苍茫和神秘感

我也确实找不出更合适的比喻。她太绚烂了，简直千娇百媚，单是这衣饰打扮就让人乱了心神：她的明眸，是这条河，亮亮的河水，柔柔的碧波，闪着天空般的碧蓝。她的双颊，是这两座分立河水两旁的山峰，漂亮的红晕，润泽的气息。她的秀发，是这苍苍莽莽的秋天的丛林，茂密，散着葱茏的生机和温柔的气息……

还有服饰——她的色调，海德堡的色调是非常奇怪的。在所有的丰富的颜色之上，我发现还有一种能够覆盖一切的颜色，那就是一种有些神秘的靛蓝。无论是晴天，还是在阴雨中，在早晨的雾气中，还是黄昏的山岚中，这调子总是若隐若现。我相信这不是幻觉，我的照片可以为证，那种蓝是神话的颜色，苍老，静谧，充满了诗一般的深邃和音乐一般的遥远。当我最初拿到那照片的时候，我感到有些愕然，但紧接着我就认同了，就是那种苍茫的蓝色，如同夜的清辉一般，海德堡的神韵就是如此。难怪诗人冯至曾力主把这城市的名字翻译为“海岱山”，虽然离海是远了些，可是“海”字却实在是贴切。它确没有海滨城市的开阔明亮，但却有着海一样的深沉和忧郁，甚至略带了些苍茫的伤感。其实，若用“岱”字，兴许还不如干脆换成“黛”来得更有神韵，这的确是一座黛色的花园。远远望去，是一个安详而带了些许愁绪的美人，在对着河流发呆，或是出神地，企望着未知的远方。

主蓝调的其实还是山。多半的林木是松树，黑黢黢的，和其他植物混在一起，便“合成”出一种奇怪的“蓝调”。海德堡三面环山，但因为正北方的山脉离得远了，所以就只感觉南面和东面被山紧紧夹着，河水从中间流过，由东来，折向西北。当年不知是谁选了这么个地方来建城邑，真是有眼力，碧水东来，二山相对，静者益静，动者愈动，山水自成和谐天趣。

破损的古堡一隅

南面的国王山为主，建起了大学、城堡、教堂和民居，是相对的城里和中心，对岸的东北方向的圣灵山为附，错落着山野别墅，流曳着松涛和山岚，映现着郊野的苍茫和浪漫。两座山的半山腰以下，都错落地分布着各种风格的建筑，山腰以上则是黑苍苍的常绿的松林，夹杂了色彩斑斓的各种阔叶植物和灌木，这样的格局就形成了色彩丰富又以蓝色为主的调子。

海德堡的地理还有个特点，它的上游都是山地，是阿尔卑斯山脉西缘的施瓦本山，虽然不是很高，但也称得上是雄浑和苍茫，登高可望，其气势也算得上是磅礴浩瀚了，而从海德堡这里往西北方向，山地陡然消失，差不多是一马平川，只有海德堡的这两座山矗立着，如同门户一般，这使得它不免带上了一点关隘的气韵，似乎可以雄视下游平野，这就陡然地增加了这城市的分量，也使它的内涵变得丰富了，兼有了阴柔和阳刚之美。

深秋海德堡

其实一半的神韵又是来自那条河，那条源自施瓦本山脉的涅卡河。从地图上看，它的源头和多瑙河的源头之间似乎只有毫发之遥。它弯弯曲曲流过山野谷地，经过了图宾根、斯图加特和海德堡，在下游不远处的曼海姆注入了莱茵。河不算太宽，但水量却很充沛，河上还不时地往来着相当庞大的驳船，它们大概是很现代化的，但外观却还有着古朴的样子，悄无声息地穿过海德堡城区的老桥和船闸，向着远方驶去。我想它们也应该是这城市的一部分了，它们让这河流在平静中泛起了幻想的水波，延续着河上古老的童话，给城市带来了一份守望的思绪和中世纪的余韵。

这可以称得上是碧波了，我不知道它是否曾经有过被污染的历史，可是在今天，它穿越如此众多的城市，发达的工业区，却还如此清澈，真叫人不可思议。河的这边是宽阔的河床与河堤，河床上是开阔的绿地，散步和踢球者的乐园。河岸上长满了各种灌木和花草，时至深秋了也还生气盎然。河的对岸就不一样了，在老城以西的河段上，完全保留了原始的生态，

海德堡老桥上不知名的女神像

茂密的灌木林和枯黄的水草，我想，那应该是为河上的各种水禽准备的栖息地了，远远望去，充满了荒凉和神秘的气息。

一条河对一个城市来说有多重要，再怎么强调也是不过分的。当我走近它，这种强烈的感觉几乎难以抑制——兴奋的动感，澎湃的气息，山和城市都因此而活了起来。设想要是没有它，这城市也便没了风韵和活力，也没了幻想和故事。因为很显然，水是岁月的一个影子，是它给了城市和人两个无尽的远方，过去和未来，形象的历史感，使它有了感情和生命，懂得了忧伤和期盼……

天鹅！我看见了天鹅！它那叫人不可思议的雪白，在凉凉的河水上是如此耀眼，如云絮般的一群，在众多不知名的花花绿绿的水禽的簇拥下，优雅地、懒散地，甚至是有点儿颓废地漂浮在有些暗淡的河上。这样的景色在我们那里似乎已经成了神话，人们偶尔会在遥远的海边湿地、开阔的湖面，甚至是在诗歌或者戏剧中，才会看到它们的影子，或者在动物园的巨大的网盖下看见被修剪了翅膀的它们，但却几乎不会在城市里看见野生状态下的它们——这几乎是结庐在人境，而无车马喧了，我真想问问它们：问君何能尔，竟至闹市生？

我数了一遍，又数了一遍，是十三只，怎么会是一个单数？我感到有些疑惑，记得什么书上似乎是说过，天鹅都是成双成对的，就一直固执地向前搜寻。终于，在一棵巨大的树干下，我看见了另一只佝偻着的身影——它的颜色十分奇怪，不是纯白色，而是有点灰黄色的调子，显然它是太老了，以至于老得连那衣衫、那喙的颜色，也显得很暗淡和陈旧。它卧在那里，一动不动，眼睛里闪着昏暗和苍凉的目光。

我几乎要发点儿诗性了，刚刚如水波般兴奋起伏的心潮，忽然变得有

河边展翅欲飞的天鹅

点儿发堵。马拉美笔下的天鹅闪现在我的眼前：

> ……这是昔日的天鹅，它在贫病中回忆着当年：
> 宏丽的气派，而今却无望再挣脱羁绊，
> 它将用颀长的脖子，摇撼这白色的痛苦。
> 这痛苦不是出自它身困尘埃的烦恼，
> 而是来自它不忍放弃的长天……

我疑心那个150多岁了的颓废的诗人是刚刚从这河岸经过，或者他便是化身为这老迈的天鹅了。我不知道昔日高贵的优雅和骄傲，飞翔的雄心，还有爱情的盛筵，而今对它来说是意味着什么，是满足、欣然、悲怆抑或感伤？

海德堡的眸子上有一丝泪光闪过，那是天鹅在它苍老的生命中的一闪念。天鹅让这城市安静下来，回想着过去的遥远的岁月。光线渐渐暗下来。

哲人小路

我不知道弗里德里希·荷尔德林为什么会选择居住在与海德堡老城隔河相对的山上，大概是因为他特别热爱自然的缘故吧。我想象这位诗哲当年散步在这山间小路上的情景，脚下是绿波滚滚的涅卡河，对岸是古老幽寂的教堂和书香缭绕的古堡学堂，圣灵山上草木繁茂，松涛起伏，教堂的钟声阵阵传来，施瓦本山的余脉一直延展到大地的尽头，更远的积雪浮云

荷尔德林（1770—1843）画像

的阿尔卑斯那一边。天低云暗，诗人独立在山腰，俯瞰着脚下的人世，写下了那么多赞美自然、叩问存在、追念故乡、思索生命的诗篇，一条小路也就那样出现在大地与云际之间。

我沿着这小路与尘世的连接处向山上走去。如今这哲人踩出的路径已经和尘世渐隔渐远了，各式各样家居小楼挤满了山脚，窄窄的路上还停满了住家的车辆。坡虽然很陡，但精巧的房舍还是令人费解地建在上面，更显出其幽静高雅、富贵堂皇，令来者不由得心生敬畏，可见非是寻常人家的去处。尘世的富贵大大逼退了诗哲脚步的印痕，使这条著名的小路更有了一种出世的情调。当年曾与荷尔德林同窗的另一个哲学大师是格奥尔格·弗里德里希·黑格尔，他和弗里德里希·荷尔德林相比，当然要更幸运些，因为他在活着的时候就已经是得到举世公认的成功者和名人了，而荷尔德林，却差不多还是一个寂然无声的隐者，一个落魄的疯子，在他活着的时候并未受到世人公正的对待。在海德堡老城的法拉第街上，还赫然保留着黑格尔的旧居，而荷尔德林却选择了荒僻的山野。我不知道那时他栖身何处？由此我明白了一个道理：一个真正的诗人的必然命运，还有他和一切其他的人相比最大的区别就是，他是最容易受到误解的人——甚至包括他自己的同类；他所得到的承认，永远是最晚的。

坡很陡，我望着那些高处的各色各样的构筑精巧的山中别墅，想，哲人的后代毕竟不失为哲人的后代，他们的房舍与优雅壮观的山势和林木茂密的风景竟是如此完美统一，不枉哲人所说的“诗意的栖居”。住在这里，自然会生出些哲思与玄想，正如中国古代的那些同样喜好登高望远的诗人墨客一样，居高境自阔，风急响亦沉，便是再污浊些、再蠢笨些的人，也会生出些清明和睿智来。

圣灵山下哲人小路的起点

渐行渐高，房屋开始被抛弃在脚下，视野也随之开阔起来。实际上到此才真的有点“哲人之路”的感觉。当年孔子登尼山而小鲁，登泰山而小天下；杜甫望岳，说会当凌绝顶，一览众山小，看来哲学和诗歌当与登高追远有必然的关系，一个尘埋于市井车马中的人，是很难有份哲学和诗的心境的。但与这尘世断然隔绝恐也不是常人所能够承受的，人是世间的凡胎俗物，只有挑战这一切的勇士才会有如此勇毅，秉天地之灵气，逞出世之情志，一醉方休，一绝了之，有时还要以重重的代价来换取这非凡人生与人格的铸成，像一生登高追远的李白最终免不了醉死于水中，而为哲人所景仰的荷尔德林，晚年真正回到故乡时也疯掉了。无所归依、潦倒流浪总是诗人注定的宿命，对他们来说，真正的故乡也许并不存在，所谓故乡不过是在诗歌里，在关于大地的玄想中。荷尔德林说，“故乡处于大地中央”，但诗歌与哲学却永远注定了是“在路上”。

落叶覆满了山坡和石路，山上的巨树在深秋中依然顽强地持守着绿意与生机，那是数百年才会长成的大树，一如文化与哲学的长成。它们应当是如今仅有的目睹过哲人身影的“在世者”了，哲人已隐，而它们还兀自矗立，将那巨大的枝杈伸向天空，把生命的落英洋洋洒洒地抛向泥土和大地，并冷眼傲视着今天的来者。在一个中国人的眼里，前不见古人，后不见来者，足已是令人绝望悲戚的宿命，但无论如何人，总是今天的来者，江山留胜迹，我辈复登临，这毕竟是令人感慨和幸运的事情。我因此知道，远在东方的我们是一些感伤主义者，但也是一群乐观主义者，我们思想，但我们更生活，如果生活命令我们放弃思想，我们会毫不犹豫地去沉湎于更世俗的东西——智慧。中国人聪明地活着，并顺势把无用的思想转变成了生存的智谋，而只有西方的哲人才固执地坚持：他们全部的尊严，就在

小路尽头矗立的荷尔德林纪念碑，上面刻着其赞美海德堡的诗句

于思想。我想这大约是一种区别，一种难以论高低、但却很本质的区别。因此我不管它们如何，我只是“走过”而已——一个孤独中有些无聊的游客，不是哲人，与诗歌也越来越远，不过还心存一点敬畏与追慕，我来过了，曾心存敬慕，并为人类曾有过的思想和人格而感到一种尊严、一种骄傲，作为人。

我就来到了那石碑前：它刻着弗里德里希·荷尔德林盘桓于此的时间，也还刻着他盛赞海德堡美景的诗篇。我无法读懂这诗，但却能够想象得出他站在这里，而对彼岸这座古老的城堡和它周边壮美的自然风景，心中所发出的由衷赞叹。并没有格外典雅庄严的建筑，没有青铜雕像，但寥落的鲜花和落叶覆盖的青草，却格外有一种静谧与和谐，一块朴素的石头，甚至是一块略显得潦草的石碑，这一生潦倒的主人公就隐身在这简朴的自然之中，也许这就是最好的设计了。一条路把人们引向这里，并不很多的，但却是心怀敬慕、热爱着一些东西的人，他们来过，在先哲留下的足迹上撒下，或沾上一点零星的草屑或泥土，有一声轻轻的叹息，这就够了。

乌鸦与喜鹊

刚来海德堡的时候，诸事都觉得新鲜，唯有一事不快：出门见乌鸦。而且不是少，那些让人膈应的乌黑的身影几乎遍布城市的每个角落，房舍、草地、树丛、垃圾箱旁……黄昏时分则最为奇观，成千上万只乌鸦集合起来，一群群，一片片，赶集似的掠过涅卡河，向东南的山林里飞去寄宿，几乎可以称得上是海德堡的一景。初时见此景总是皱眉，后来时间久了遂知道是自己有问题，中国人总爱对什么事物都分个三六九等，人分阶级贵贱，鸟禽走兽也分出个凶吉属类，质朴的德国人哪意识到这么多，天鹅白，乌鸦黑，不过羽毛颜色不同，并无阶级差异。唯中国人憎恨乌鸦，竟致使此鸟远游不归，如今几乎绝了踪迹，真是莫名其妙。曾以为这玩意儿是贫穷和黑暗的象征，盘旋于坟场墓茔之间，遂有“天下乌鸦一般黑”一说，可德国乃今日世界的富国，说黑暗或许有之，贫穷则少见，为何竟如此多“不祥之鸟”？

某天出门看见一只喜鹊，仅一只，形只影单，嘶叫于树丛间觅食，不觉眼前一亮，出门见喜，虽未捡到什么金银财宝，倒也先有几分高兴和亲切。那黑白相间的鸟的确看上去更顺眼些，拖着长长的尾巴，显得乖巧伶俐，一身吉祥之相。少见少见，心中不觉有楚楚哀怜之意。走近前来，它

16 世纪海德堡全景图

从涅卡河北岸的圣灵山俯瞰海德堡全景。远处为历经千年历史的古堡，古堡右下方为老城和大学校园

亦并不躲避，只是嘶嘶啦啦地叫着。绕过灌木丛，却忽然发现，原来另一边还有一只纯黑的鸟——一只乌鸦，体态略大些，但形状却没什么大差异，它们好像是在争什么吃食，你争我抢，进进退退，互不相让。

那一刹那间，我忽然有了一个令我自己吃惊的发现：两只鸟的叫声几乎是一样的，嘶——啦，原来我们把乌鸦的嘶鸣想象成令人讨厌的聒噪，而把喜鹊的叫声美化成报喜的婉转之鸣，其实不过完全是我们自己的主观好恶，所谓“乌鸦臭嘴”和“喜鹊唱枝”，不过完全是我们一相情愿的虚构！

一切原本是一个“解释学”的问题——而现代解释学哲学的大师伽达默尔就住在海德堡，一百零四岁了，还活着。

涅卡河里嬉戏的野鸭。海德堡的禽鸟多得不可胜数，但满天的乌鸦飞得高远而难拍到

这真是一个奇妙的发现。再仔细些，它们的叫声还是难分彼此，而且再看体态和毛色，差距也微乎其微，不过一个形体略大些，稍有些臃肿，另一个尾巴稍长些，胸部有一块弧形的白。两只如此相近的、在生物学上没准儿是同源同宗的鸟，何以会被中国人分出一道吉与凶、祥与恶的鸿沟来？假若德国人也信此道，那大约就不要再出门，平均一天见到一千只乌鸦，而三天才看见一只喜鹊，这日子还怎么过？要么就有另一个办法，“全民除害”，把乌鸦杀净除光，免了这铺天盖地的聒噪，哪怕出门难见喜，也免上街千声忧。

待见喜，厌见忧，这原来是中国人的民族情结。歌舞升平，吉祥美满，帝王时代的海内升平、盛世颂歌和“文化大革命”时的“形势一片大好，不是小好，越来越好”的经典语句，同寻常百姓人家的心理原是同出一辙的。有需求就会有制造，寻常人弄些抽象的“开门见喜”来自我安慰，虚构出吉祥喜庆的气氛，哪怕正时运不济，粮草不接，也可暂时高兴一番，而当权者就要摆些场面，见之以谱，让那些下属奴才山呼些福寿无疆、东海南山之类的大话空话来，明知是欺主骗上，倒也落个气象祥和、时运安泰，主仆皆大欢喜，笑逐颜开。喜的就是奴才嘴脸，报喜不报忧。

原来鸟不但可以比凶吉，而且可以变为“政治”。一只喜鹊便可透出吉祥的讯息，三只喜鹊则可以构造出喜庆的气氛，如果有更多的喜鹊、到处是喜鹊呢？那时强大的声势就会让一切乌鸦发抖，望风而逃。

然而对乌鸦的偏见并非自古而然。我突然记起在许多先秦和六朝的诗歌中，诗人对乌鸦和喜鹊似乎并未作明显的区分，大都是笼统地以“乌鹊”称之，曹孟德诗之“月明星稀，乌鹊南飞”，并未专门分出个善恶贵贱。查字典也说“喜鹊，属鸦科”，《禽经》中甚至还记载有一种“慈乌”，“比他乌微小，长则反哺其母”。宋代诗人吴激的《人月圆》中的诗句云：“仙肌胜雪，宫髻堆鸦”，用乌鸦之色比喻美人之发。《汉语大字典》中对“鸦”字的解释的第二个意思即是：“同‘雅’，美好，不粗鄙。”可见对乌鸦的“歧视”是十分晚近的事，也是未曾“入典”的无由来的事情。

我不知道鸟类的盛衰存亡是否与人的政治好恶有关系，但在中国，乌鸦这种鸟的确已近乎绝迹。当然环境的恶化致使鸟类减少，喜鹊也不能算多，但终归还算常见。如今连天鹅大雁、黄莺杜鹃、沙鸥仙鹤，乃至那种最家常的燕子——《商颂》里的玄鸟，那些常常出现在古代诗文中的美丽禽类，都不那么常见了，但像乌鸦这样曾经多得遮云蔽日的鸟竟至于绝迹，则令人不可思议。毕竟说那鸟与什么社会有关乃是半玩笑的话，但生物学讲适者生存，乌鸦之绝迹，必然有其不能适应环境的根本原因。不讨人类的喜欢，当然是一个因素，但毕竟人对此禽有膈应之感也从反面“保护”了它，至少不会猎来当做美食，所以还不至于赶尽杀绝，必定还有其他的原因。

这是很有意思的追问。如果乌鸦有一天能够知道自己的悲剧，改改鸣叫的腔调，或至少在身上添些杂色之毛，会不会绝处逢生，再多起来呢?

附记：2000年写此文时，笔者在国内尚居济南，济南山中多喜鹊，未有乌鸦，遂生出此种感慨。然2005年笔者迁居北京，却发现京城乌鸦极多，尤其北师大校园中，每到黄昏时总是有万千只乌鸦聚集栖息，日暮时南门一带的大树上，聒噪声接天盈耳，令人惊悚不已。初时尚觉得堪为一景，但终有一样令人无法忍受，即弄得鸦粪遍地，树下道上行人难以停车驻足。有时行走路上，冷不丁会有一滩又稀又黏的东西“啪”地落在身上，令人哭笑不得。

便与友人议论，为何乌鸦对这个地方情有独钟？谈议的结果是，禽鸟也有“物种记忆”，这一带原为“铁狮子坟”，为前朝的墓地，所谓“寒鸦荒冢”，于今虽然已是高楼大厦，熙来攘往的京城学府，但在乌鸦的眼里，大约仍是一片“红楼梦醒”时的荒凉罢。想到此，原来关于乌鸦与喜鹊的那点感受，全然颠覆瓦解了。

听凭乌鸦成灾终不是办法。但在如何对付乌鸦上，也是一件尴尬之事。毕竟现行的法律在对待乌鸦这一禽类上尚无具体规定，所以校方的无奈也可以想见。终于有一天，看到南门一带的参天大树俱被伐倒，换成了不及碗口粗的小树，知道是校方忍无可忍了。这下漫天的归鸦终于没了办法，盘旋一阵后不得不迁移到附近的林子了。这个事件当然不好说是中国式“鸟的政治”的一个最新版本，但毕竟也是叫人感慨的，乌鸦就是乌鸦，不是凤凰，连喜鹊也不是。

日耳曼森林

这是个深秋少有的好天气。我来德国以后还没有一次“出远门”的经历呢，光是在地图上旅行了，真正的德国原野什么样？还停留在想象中。当接到友人安妮的电话，问我要不要随她去哥廷根时，我真有点兴奋。因为我知道那可是一块与童话大大有关的地方，而且哥廷根大学也是历史将近五百年的名校了，要去那儿一游，我怎么会有理由拒绝呢。安妮是要去哥廷根大学参加一个学术活动，其中涉及中国当代诗歌中的一些问题，我还可以顺便与她讨论讨论，也不会感到无聊。

安妮开着车子，后面坐着她的天使样的两个十二三岁的女儿，一个叫库奇玛，一个叫莱欧丽，我们就像周末外出旅行的一家人，兴致勃勃地出发了。

上路的时间大约是下午三点多，斜阳灿烂。出了海德堡，我们由南向北驶上高速公路，向法兰克福的方向驶去。这时我才觉出了日耳曼土地的辽阔，因为纬度高而显得有些低矮的天空中飘着稀疏的云朵，一望无际的深绿色的原野，沿着施瓦本山的北缘，向着远方铺展开去。这是我第一次真正目睹德国的原野，第一次走过它是在夜里，来德时，友人从法兰克福机场接我到海德堡走的是夜路，没有看见公路两旁的景色，只是隐隐约约感到那黑苍苍的森林。这一次简直令我目瞪口呆，真的很难用语言来描述它辽阔而秀美的样子。大地仿佛在旋转，即使深秋初冬了也还一片碧绿的田野，精致的村舍，教堂的塔尖，不时从森林间隐现的古代城堡……一切仿佛是中世纪诗歌中的景象。

竟然是这样，为什么如此之美？我半是自言自语，半是对着安妮问道。安妮显然也有些兴奋，她说：是吗？我为什么没有感觉到？我说：你见得太多，便感觉不到它的美了。安妮耸耸肩膀，眼睛流溢着光彩，我知道那是自豪的光彩。她的心情正黯淡着呢，经历着工作和生活的不顺利，难得这旅途中的阳光与田野带来的一份轻松与开阔。她的两个女儿也有了笑容，不时地向她们的妈妈问这问那，像小鸟一样喳喳个不停。

我不知道是自然的形成，还是人为的刻意，田野上的景色总是有节律地交替着：森林、草地、村舍，一片隔一片，仿佛施特劳斯的旋律在大地上回响。这热爱音乐的民族，谨严的、富有节律感的、崇尚洁净和热爱自然的、一丝不苟的民族，他们是怎么经营自己的这片家园——既让它成为现代工业文明的基座，又保持着中世纪的田园牧歌的？

安妮把车速加到了160迈，一种叫人感到近乎飞起来的速度，我有点紧张，劝她把车子开慢点，但她却很轻松，用嘴努了一下旁边超越我们的车子，说，这不算快，他们才算真的开飞车。在德国，不知道为什么高速公路很少限速，可能是因为他们的公路质量好吧，很多人把车开到时速近两百迈。安妮说，我们要抓紧赶一点儿路，否则一会儿过了法兰克福，就要堵车了。果然，接近法兰克福的时候，车子开始多起来，因为今天是周末，度假或回家的车子特别多，堵车是难免的。“现代化”也有现代化的问题啊，安妮说。

果然，一会儿车速就减下来了，安妮稍稍有点急躁，但这对我来说却无所谓，正好我还可以有闲情体会一下刚才的感觉。即使是在法兰克福的近郊，也少不了郁郁葱葱的森林，而且每隔几公里，路旁也少不了小心动物的指示牌，提醒开车人，前面会有穿越公路的鹿群，要减速和注意，以免撞伤动物。天空布满了轰鸣着穿梭往来的钢铁大鸟，而地面上却还有野生的鹿群，真令人不可思议。这鹿群和野猪什么的，该不会跑到机场里来吧？我慨叹道。德国的动物保护可称得上是世界的典范，动物保护主义者无处不在。据说现在很少有人再穿裘皮衣服了，因为你穿着这样的衣服上街，遇到动物保护主义者的话，他们可就会毫不客气地抗议你，甚至会往你身上喷油漆。连孩子都有很多是素食主义者，安妮的两个孩子就都不吃肉，搞得她很为难，母亲总是希望孩子健康结实些，不吃肉可怎么办。我们都说欧洲人是“食肉动物”，可如今我们这东方的“食草动物”吃肉已差不多比“食肉动物”还要多了。如今德国是绿党大国，绿党已经成了政府中的重要角色。按照我们东方人的想法，也许是因为德国战后的地位限制了人们的政治热情，不得不找一种发泄的形式罢，可实际却是相反的，如果绿党也是一种政治的话，那它的本质却是反政治的，至少是反对经济的。

我随口问安妮：这么多的森林，是国家所有的吗？她说不是，有很多是私人的，是过去的一些贵族的。我问为什么会是私人的，她却说：为什么不会？私人拥有不是可以更好地保护它们不被乱砍滥伐吗？我想也是，在我们国家很多森林就是因为它们是“国家”的，所以就被毫不吝惜地砍掉了。其实私人拥有只是一种形式罢了，他一个人根本用不着这么多的树木，他所做的，不过是替国家担负看管森林的工作，而且还是“义务”。森林虽名义上属于他个人，但生态效益却是属于国家的，全民族的。这也是一种保护森林的好办法啊。

从法兰克福往东北方向，我经历了一段难忘的旅程。当我们的车子进入了黑森州的伦山山地时，红日西平，天色开始暗下来了，高速路上的车辆都打开了指示灯，驶入了蜿蜒起伏落差极大的山地路面。这时的森林和大地才真正显出了它雄奇的本色：黑苍苍的一望无际的山林，在乌蓝的天空下显得更加深如大海，而在我们前后延伸向远方的道路上，珍珠项链般的车流就像起伏在大海上的船队一样，时而在浪颠，时而在波谷。我相信当初这位高速公路的设计者，一定是存心这样的，他太为自己祖国的山川自豪了，他要让他的设计最大限度地显现出这效果。大起大落的路面最让人感到刺激，就是再疲乏的人，在这里也休想会有打盹儿的感觉。在这样的道路上开一次车，虽然会费点儿油，但我想他一定会成为一个狂热的爱国者。

确实，德国的自然条件决定了它是地球上最适宜森林生长的地方，温带海洋性气候，北大西洋暖流带来的丰沛降水，缓慢起伏的山地，这一切都造就了最适合的环境。但我想德国人保护环境的意识也是最值得其他民族学习的。他们是这样热衷于保护林地，有一幅 16 世纪的海德堡城全景图可以为证，这幅镶嵌在涅卡河北岸橱窗里的图画，完整地画下了当时海德堡的城市景观，我注意到其中的国王山最上面的三分之一，原是没有树木的，是座秃顶的山，可现在这山顶上却布满了郁郁葱葱的高大的枞树林。可见他们的环境不是在退化，相反还有进步，至少在某些方面。

天色还没有完全黑下来的时候，德国中部的工业城市卡塞尔到了，我们驶出了不无惊险刺激的山区，进入了一个比较平缓的丘陵地带。安妮一脸的轻松，她说，再有半小时我们就到目的地了。缓过神来回头看时，两个小天使早已香香地睡着了，看样子刚才经历了一个多小时的兴奋，她们也有点累了，不知道她们是不是沉入了童话的梦乡？我猛然想起，我们现在不正是走在雅各布·格林和威廉·格林兄弟走过的路上吗？从卡塞尔到哥廷根，这里曾留下了他们的太多的足迹，哥廷根是留下他们和一帮反抗专制的学者——所谓“七君子”美名的地方，而卡塞尔则是他们的童话汇集和诞生的地方。森林，还是森林，对这两位童话作家和民俗学者来说，应该是最重要的。

格林兄弟：雅各布·格林（1785—1863）、威廉·格林（1786—1859）

卡塞尔郊外的森林，格林兄弟童话诞生的地方

到啦——夜幕完全降临的时候，安妮说，这就是哥廷根了。可我只是看见了密密的树林间有一些稀疏的房屋，林间透出一束束明暗不一的灯光，仿佛通常我们在舞台上看到的那样，雾气在光束间蒸腾着。这哪里是城市？安妮说：这不就是吗。我不做声了，车子在林间的公路上穿行着，路面变得很窄，偶尔有车辆从对面驶来，万籁俱寂。安妮说：我要带你去我们从前的家看看，我说：在哪里？在郊区，在乡下啊，一会儿你会看到德国的乡下啦。她把车子开得飞快，一转眼连灯光和房舍也看不见了，又是一片黑漆漆的丛林。这样曲里拐弯地走了好久，才来到了一个像是小镇一样的地方，虽然路是曲里拐弯，可她显然是太熟悉了，三拐两拐地来到了一座透着明亮的灯光的房子前。

哥廷根城中心的森林公园

伴随几声狗叫，主人开了房门，因为事先安妮已经与他们通过电话了，所以会面便没有什么惊讶，但对孩子们来说，依然是惊喜和兴奋的，这曾是安妮一家的邻居，孩子们从小一起长大，自会有很深的友谊。大人当然也少不得有许多家常话要叙一叙，安妮在“礼节性”地介绍了我之后，就和女主人亲热地聊了起来，不懂德语的我听着她们叽里呱啦嘻嘻哈哈地说着，自然很有些局外人的落寞，便呆坐一旁茫然地等着。过了好一会儿，大概安妮意识到我们还有重要的活动要参加，就起身告辞，对我说：对不起，你看来快忍受不下去了。

孩子们今晚就被安排住在这里，安妮和我又开车沿来路到哥廷根城里去。在近郊，安妮找到一家中国餐馆，我们在那里吃了晚餐，是我做东，这也是我在德国第一次进中国餐馆，感觉很不错。之后，我们就径直去了哥廷根大学社会学系的托克教授家。

哥廷根大学的歌德学院

学术讨论会就安排在托克教授家里，在他的宽大的客厅里，我体验了德国的学者探讨学术的方式和气氛。甚至我还可以说有一点感动——这样的学术活动完全是自愿和自费的，没有半点官样文章。是由托克教授来张罗，也是由他主持并“招待”，大家聚集在他宽大的客厅里，喝着葡萄酒或香槟，吃着乳酪糕点，轻松然而是极认真地讨论着学术的问题，从古代的埃及和东方，一直到当代的全球化，从社会学到哲学，从文学到现代传媒，各个领域都涉及了。我虽然不能参与其中，但通过安妮的翻译，还是对他们的讨论议题和气氛能够感受一二，而且我还知晓他们所从事的，其实完全是不同的专业和领域。我不由地想，原来天下的兴亡，世界的风云际会，还有欧洲那绵延不断的思想的传统，原本是在这样的很“私人”的场合里孕育的。

哥廷根的农贸市场，这种景象在德国难得一见

第二天，安妮带我参观了哥廷根的市中心，以及曾在18、19世纪有过辉煌历史的哥廷根大学，还拜会了她当年在这里读博士时的一位密友。下午我们再次回到她过去的寓所，去接两个孩子。这次我不再傻听她们咕噜家常了，而是带了相机，一个人在野外溜达了一两个小时，真正感受了一回德国乡村的风光。依然是草地与森林、草垛与牛群，但却不是在车上走马观花的那种感觉，而是在一片寂静里的凝望。那时我想起自己的家乡的田野，与这里相比，那是承载了太多疲乏、遍布着累累创伤的田野，母亲一样苍老的土地。而这里看起来，却是润泽和丰腴、安闲和恬静的。叫人

想起了鲁本斯和库尔贝，还有米勒笔下的田园风光，还有《牧神的午后》中的那种催人入眠的静谧和安详。

我眯起了眼睛，试图把两个田园的影像重叠在一起，毕竟阆苑再好，不是自己的土地，此时我倒更希望是置身在自己的哪怕是贫瘠的田野里。可夕阳中，我发现它们却怎么也不能捏合在一块，直到眼睛感到一阵酸疼。我踏上了回程，心里泛起一丝荒凉，因为从那暮色里我没有看到熟悉的炊烟，还有童年时祖母依门而望的身影。

雨雪中的纽伦堡

一个城市因为各种各样的理由而出名，但像纽伦堡这样的城市，其出名的理由在全世界可谓绝无仅有。因为第二次世界大战结束后盟军对德国战犯的审判，这个位于德国南部巴伐利亚州境内的城市——实际上已被战火摧毁了90%，几乎变成了一片焦土——一下子变成了全世界注目的焦点。在德国的土地上审判德国的战犯，并在这里把那些看上去已

作者在纽伦堡雷德尼茨河（多瑙河支流）上留影

经可怜巴巴、但实际上杀他们十遍也难偿其罪的凶手们送上绞架，还要让他们死之前面对法律的程序，这是西方人的智慧和他们的理念的体现，这是对死者的交代，也是对生者和来者的警示，并且这一切还将会以活生生的形象写进历史。纽伦堡，可谓是战争的安魂曲和纪念碑，一场惨剧落幕时最后的场景。

在先是冷雨后是飘雪的天气里，我们乘坐的旅游大巴在旅人的想象中驶向这座城市。从巴符州西北部的海德堡到下拜恩的纽伦堡，路程大约有两百五十公里，中间我们在维尔茨堡附近遇上了一场中雪，虽然高速公路上并没有留下积雪，但原野和沿途的森林村舍却都盖上了一层白色，这使车上的人们都大大地兴奋起来，毕竟是这个迟来的冬天的第一场雪，而且是旅途之中遇到，所以它带给人的新鲜刺激是可想而知的。巴伐利亚的景色美，气候也冷了许多，原野似乎变得深邃和寥廓了许多。这是引人遐思和静默的景色，我正留恋着窗外的景致，不料车上的导游先生开始了他的长篇演讲，开始大家都为他的幽默感到兴奋，但他那似乎过分强烈的“上课”欲望，很快把大家弄得昏昏欲睡。因为车上的人都是外籍学生或学者，德语特别好的并不多，对他的不厌其详地讲解纽伦堡的历史人文的背景、人物和事件，似乎根本消化不了，而他却一直诲人不倦，讲了足足有一个小时。旁边一位来自台湾的女士告诉我说，此先生是一位历史学博士，50多岁了，一直未找到教职，大概特别想过一过“讲课”的瘾。现在他在学校的外事办，职责就是安排每个周末的旅游。我听了不觉黯然，对他又有些肃然，但因为我对德语一窍不通，所以也只好抱憾把脸转向车外了。

导游先生的演讲告一段落，车也进了纽伦堡城。看得出这是一座相当大的城市，据说人口有50多万，在德国就数到大城市的规模了。街旁的建筑大都是在近几十年内新盖的，偶有些古旧的楼宇，尚能看得出累累的弹痕，石墙上遍布了大大小小的“补丁”，有一些墙壁差不多是新旧参半的，看上去特别刺眼。让人忍不住去追想当年那可怖的战火。这种街景在海德堡是完全看不到的，为何？据说当年盟军的轰炸机部队的一个很重要的人物曾留学海德堡，对此地很有感情，着加保护，所以盟军进攻那里时，只是象征性地对着老桥附近的河里投了一颗炸弹，而对古城区却毫发未伤，故海德堡得以完整地幸存。相比之下，纽伦堡就没有这么幸运了。

车子停在纽伦堡中心老城的古堡旁，大家都随导游先生下了车。这就是真正的“纽伦堡”了——我们汉语音译的重音和德文有些差别，其实它的读音很像是“伦贝格”。“伦贝格”和其他古堡有明显不同的风格，一是因为地处平原谷地，无险可守，所以城墙就修得特别高大坚固，另外还有

纽伦堡的古堡巍峨壮观，城堡的城墙和下面的深池和中国古代的城池有很多相似之处

雨中纽伦堡街景

十分深阔的城池；再者是整体建筑群特别庞大，风格古朴浑厚，气象壮观，有些部分很像中国的长城。大约是因为盟军考虑到对古迹的保护，所以虽经战火，它基本上完好无损。我们登上高墙眺望，整座城市的风景差不多一览无余。此刻阴沉的天空又飘起了雨夹雪，安静的城市在风雨飘雪里增加了动感，平添了几分苍茫与凄楚。导游先生还在喋喋不休地介绍着，节奏显得太缓慢了些。其实我更想看的是二战审判战犯的旧址，但问了几个人，都说不详，有心去问那位历史学博士，看他一直忙不过来，我又不懂德语，唯恐说不好冒犯了人家——大约那也是德国人的一个伤疤，于是就作罢。问台湾的林女士，她说那地方德国人大概不感兴趣，也许根本没留，即便留了也可能别作他用了。

后来我们就离队分散活动了。古堡不远处的圣劳伦斯大教堂前的广场

圣劳伦斯大教堂前广场上的圣诞市场，具有德意志民俗色彩的女巫玩具

上，是德国最有名的圣诞市场，这市场看上去有点像中国的“赶集”或“庙会”之类，真是人山人海，花团锦簇，周围便道上是赶热闹的仿古马车，形体巨大的洋马哗哗地响着铃，嘚嘚有声地踩着石板路，拉着装饰华丽的马车傲然地走过街头，显出一派中世纪的气氛。离圣诞节只有一个星期了，据说全德国的人都会到这里来，恰如中国人喜欢逛山会，一则带着小孩凑个热闹；二则买些稀见的传统小用品，古色古香的小摆设。许多人还端着一种加糖后熬制的热酒，站在冰冷的雨雪中小口地呷着，显得很有情致。那情景让我想起中国人蹲在街头稀稀溜溜喝“胡辣汤”的样子，到底文化不同，欧洲人的“喝相”到底没有咱的同胞那么质朴实在。我也要了一杯，学着他们的样子小心地喝起来，但总觉得不怎么对胃口，酸酸的，也有些许微微发甜的苦涩。

古堡外具有南德风格的建筑

圣诞市场的周围，有三座规模宏大但风格又迥然不同的教堂，我叫不出它们的名字，但却被它们外部繁缛华美的雕饰所吸引，那些栩栩如生的关于圣经人物与故事的浮雕，有许多实际上已近乎于全雕，只有局部与石柱拱墙相连，生动而线条畅美，令人叹为观止。别处的教堂也有大量的浮雕装饰，但像纽伦堡的教堂这样既带了文艺复兴的壮美典丽，又带了洛可可艺术的精致细腻的，却甚为少见。但当我细细端详的时候，便发现了上面那些斑驳残破的弹痕，有的雕刻则被削去了一半。那些细小的弹坑，虽经精细的修补，仍清晰可辨，而有一些，却是永远也不能修补了。

穿行在拥挤的广场和甬道上，所见的都是或平和或欢颜的面孔，各种不同肤发的人们，摩肩接踵，交臂而过，愈近黄昏愈是华灯齐放，市场上烧烤食物的烟气与香肠面包的香味也愈发弥漫开来，人世的欢乐与高插云霄的教堂所造出的庄严肃穆的神圣气氛互相映衬着，仿佛一曲交响齐唱的欢乐颂歌。这就是圣诞，这就是欧洲啊！我茫然地感慨着。

我问久居德国的林女士，别处也有这么热闹的圣诞市场吗？她说也有啊，但纽伦堡的是最大和最有名的。我问，为什么是纽伦堡而不是别的地方，它又不是一个特别中心的城市？她说，这就是特色呗，德国人最注重的就是城市的特色。

她的回答似乎并不让我满意。我在想，也许会有一个深层的不那么好说的原因。德国人把纽伦堡的圣诞市场搞得这么红火，也许是要刻意地掩饰什么，用今天的和平和富足来显示民族的自尊，这应是对他们自己的精神创伤的最好的医治和遮羞。纽伦堡是使这些人蒙羞和自省的城市，也是使这个民族在涅槃中再生的城市。你不能要求一个曾犯下罪孽的民族永远低头弯腰地认罪，但人们却有权利问：你依靠什么站立起来？依靠文过饰非和狡辩抵赖吗？显然不能使人诚服。我不由地对70年代那位德国总统勃兰特倍生敬意，他是一个勇敢的总统，一个真正的勇士，他在华沙犹太人殉难者纪念碑前双手合十地跪了下去，他说：我为我们的民族曾经犯下的罪行而感到羞愧。这是一句让全世界的人都会流泪的忏悔，真诚的、彻底面对良知与神的忏悔，这样一句忏悔足以抵得上百万强兵！历史应该把这位勇士写进去，铭记下他的壮举和功勋。虽然说来者无过，后人无罪，作恶的是一个疯子和一群愚氓，但也别忘记，每个人都以不同的方式卷进过这场战争，希特勒只是下命令，而挥起屠刀的却仍是普通人。历史就是这样，人民不光是一个虚词，需要时就成了法律和正义的代名词，就成了假其名、借其力的借口，不需要时，人民就成了苦难的收殓者和真正的替罪羊。人民和历史，公理和正义，这一切该怎么解释？最终“胜利”的是他们，可饥饿、死亡、恐惧、创伤、生离死别的一切，又都是由谁来担承？

1970 年 12 月 7 日，时任德国总理的勃兰特在华沙犹太人死难者纪念碑前，双腿下跪，震撼世界

这就是历史，无法真正作出令人信服的解释的历史。

纽伦堡，使人忘记又使人追想，使人安慰又使人惊醒的城市，但愿你的平和和安宁是永恒的！

愤怒的牛

疯牛病，全称为“牛海绵状脑病”，是一种进行性中枢神经系统病变，发生在牛身上的症状与羊瘙痒症类似，俗称“疯牛病”。疯牛病在人类中的表现为新型克雅氏症，患者脑部会出现海绵状空洞，导致记忆丧失，身体功能失调，最终神经错乱直至死亡。

1986 年 10 月，在英国东南部的一个小镇上首次发现疯牛病。1997 年，英国科学家预计，在最糟糕的情况下会有 1 000 万人最终死于新型克雅氏症。

疯牛病被认为是通过给牛喂养动物肉骨粉传播的。在 20 世纪 70 年代末期，英国人用肉骨粉饲养牛而将羊瘙痒病因子传播给了牛。到 2000 年 7 月，在英国有超过 34 000 个牧场的 17 万多头牛感染了此病，最高发病时间是在 1993 年 1 月，每月至少有 1 000 头牛发病。

——摘自新华社的报道

西班牙人“斗牛”的场景为世人熟知，但一条“手无寸铁”的肉牛现在也发火了——这是 2000 年的欧洲的一个经典的镜头。屏幕上，那牛已经身中数弹，头顶开花，鲜血淋漓，但它还没有死，它怒气冲冲，仿佛为枪杀它的人破坏了他们之间的“契约”而悲愤不已，它愤怒地冲向那个朝它射击的警察，而那个手持冲锋枪的警察此刻真的有点恐惧了，他慌慌张张好像试图再次瞄准、射击，但却被那牛狠狠地掀了起来，然后又摔在地上，这一切就像人们经常在西班牙的斗牛节目里看到的一样。就在我的心正一下子发紧、担心那牛再上前一步的时候，它却停住了，它摇摇晃晃地、犹豫再三地，虽怒目圆睁，却终于悲愤地倒下了。

这镜头后来连续地出现过许多次，大概这对于观众和做新闻的人来说都是不可多得的噱头，就是刻意去制作“特技”恐怕也很难出这样的效果啊，所以一时间，它大概成了人们议论的一个焦点。但毕竟这不是“斗牛”节目，欧洲人正经历着对“疯牛病”的恐慌，而这场灾难足以毁掉他们千百年来的日常生活所赖以依存的基础。所以尽管它是如此具有戏剧性和喜剧性，也很难使人从一个很轻巧和偶然的角度去看待、去观赏了，毕竟其中的荒谬和荒诞，只有西方人才能更深切地感受到。且不说人与牛这动物之间的一个普遍的“伦理”，已经由于这样一个镜头而被彻底地瓦解，即便是仅仅作为杀牛的方法来说，这也太有点荒诞得离谱了。

我颇有些感慨了，想当年我们的先哲庄子，在他眼观庖丁高手奏刀解牛时，那是怎样优美诗意的一幕啊，那一刻，人的“主体性”得到了多么完美的发挥：他手之舞之，足之蹈之，哗然响然，奏刀霍然，“合于《桑林》之舞，乃中《经首》之会”，他的手游刃于牛体的骨骼之间如同凌虚于空无一物的宇宙天地，把劳动和“屠杀”变成了艺术、哲学和诗。想那死去的牛如有灵性，感于这庖丁如此“执牛耳”的玄妙手段，也会有一种欣然和默契，有些许的欣慰，感叹死于斯人手下，也算死得其所，不枉了辛劳奉献的一生。而今看到这些造出了奔驰宝马、阿里亚娜火箭的洋人，用了如此歹毒而笨拙的方式射杀无辜的牛，不免欷歔慨叹一番。

牛的异化是西方人最典型的悲剧。他们当然很习惯于玩那种很潇洒的与牛相搏的游戏，以显示他们的勇敢和冒险，还有手足之快捷麻利，然在中国人看来，与畜生相搏，终算不得什么大雅之事，有精力与人相斗，该

作为一种文化传统的西班牙斗牛

斗牛文化的裸体抗议者

更是“其乐无穷”——这当然是戏言。我们尝感慨西方人是“食肉动物”，比喻其茹毛饮血，生番怪物，当然半是艳羡半是恶心，显出些“食草家族”的带点儿寒酸迂腐的正气。食肉呢，当然主要是牛肉，牛是西方人的命脉，食牛肉，喝牛奶，就牛的黄油，夹奶酪，穿牛皮，日常所需几乎都离不开牛，所谓改良牛种也从他们开始，牛壮而肥，但“肥”得却是瘦肉，西方人的确是聪明，把些鸡羊下水杂物也加工炮制作牛的饲料，以催熟得快些。可没想到就这样催来催去，催出来疯牛病。西方人当然人富命值钱，恐惧之余，不论青红皂白，凡有“嫌疑”者皆屠之焚烧，宁可错杀一千，决不放过一个，比反动派不在其下。这真是欲“自食其果”而不能。牛是杀了，缓解一点时下的恐慌，可是那疯牛病据说有多年的潜伏期，天知道现如今

正发病的牛是何时感染？又怎知事实上已有多少吃了牛肉的人，尚为未知的感染者？

养牛的人可就倒了霉，杀牛卖肉的也倒了霉，因为种种检疫的费用，那牛肉的价钱先是一个劲地涨，涨得让人望肉兴叹；然后又呼地落下来，落得让人目瞪口呆，可还是无人敢买。自然，牛肉尚可不吃，忍一忍，或者代之以猪肉、鸡、鸭、鹅、鱼，可是牛奶呢？黄油呢？奶酪呢？那些各种各样的用牛奶黄油等做成的面包呢？天知道会不会出问题？

这就是异化的后果。想起了早在50年代，那时还意气风发的台湾现代派诗歌的“掌门人”纪弦先生，他有一首有意思的诗，题目叫做《阿富罗底之死》，说的就是工业文明对传统文化的破坏，诗大致是这样的：“把希腊女神Aphrodite塞进一具杀牛机器里去//切成/块状//把那些‘美’的要素/抽出来/制成标本；然后/一小瓶/一小瓶/分门别类地陈列在古物博览会里，以供民众观赏/并且受一种教育。”这哪里是教育，这是对文化的割裂和对美的虐杀。末了诗人强调——

> 这就是二十世纪：我们的。

50年过去了，今日的异化自然非昔日可比，阿波罗已然登月，航天飞机往来太空，克隆羊也已经名噪世界，但更可怕的艾滋病也出来了，“全球化”的文化危机如今成了西方学者们整日挂在嘴上的热门话题，现在又出来个疯牛病，没准儿明天又出来个什么基因突变的新病毒，新杀手，问题来得总比去得快。

话是这么说，但人们总是想，一时半会儿天还塌不下来。确实科学在需要的时候总是能够力挽狂澜，而且应了那句俗话：巴结的日子过得欢，梦里头吃瓜格外甜。现代化对我们来说还一半是梦，是梦自然就充满了激动和幻想，所以某种程度上我看到自家人的快乐，有了彩电冰箱，就盼车子房子，这就跟盼过年似的，只要“现代化”了就什么都好、什么都有了。可看看西方人，有车子房子又怎么样？就业率低，找工作难，虽然个人有自由，但人与人之间却也隔膜得很，生命似乎比咱们值钱，却又惦记着这不能吃那不能喝，快乐不比咱们多，苦恼倒是不比咱们少。也许富人本来就比穷人的苦恼要多些，所以斯宾格勒并不是矫情之下故作危言耸听。离欧洲人越近些，你当真就会感觉到，他们内心深处的灰暗和茫然。

不过穷人的理想当然是先富起来，对中国人来说，不管发达了之后会有多少弊端，那毕竟不同于不发达的弊端，吃饱了打饱嗝儿总比挨饿的滋味强。所以问题也就简单了：先现代化了再说。

海岱山下读冯至

我想象不出，70 年的时光会埋葬多少曾经鲜活的生命，70 年的历史风尘，需要经过怎样的擦拭才能透见初时的踪影。70 年前，那个 25 岁的中国青年，怀着他的幻想和对德国文学的热爱来到这里，他的名字叫冯至。而今，这曾经意气风发的青年已然进入了历史，化作了书中的古人。

冯至一直不认同“海德堡”（Heidelberg）这个译名，因为这里这个“堡”字实际只是“山”的意思，而其音译也应该叫做“贝格”，准确的译法应叫做“海德贝格”，比较传神的和“雅”些的译法，则最好叫“海岱山”，因为“海岱”二字“不只是译音，而且颇有诗意”。但因为习惯，他个人也“只手难挽狂澜”了。在好几篇文章中，他一直对此“耿耿于怀”。我想，这大概和他那时在这里生活的诗意的记忆有密切的关系。“海岱山”，的确是个更富诗意和美感的名字。不过听起来却不像是个西域之地，倒有点像是个东方海上的仙山蜃景的意思了。所以，就我个人的感觉而言，叫“海德堡”也没什么不妥之处，何况海德堡也的确是有一个历史很悠久、规模也相当雄伟的古“堡”呢。

1930 年 10 月，冯至来到海德堡大学学习文学、哲学和艺术，中间有不到两年的时间曾转学柏林大学，1935 年 6 月，他在海德堡以一篇论诺瓦利

雪后的涅卡河畔，这是冯至当年常常漫步的地方

斯的论文获得了博士学位。可以说，海德堡是冯至德国之旅的最重要的一站。这里的山山水水该留下了他密密的足迹，美丽的景色和渊长的文学传统，曾给了他丰厚的滋养和诗歌的灵感。

我在海德堡大学汉学系的藏书馆里，花了整整一个下午的时间搜寻冯至的书，结果不算理想，只找到了一本集有散文和文学随笔的《冯至选集》的第二卷，和一本配有德文翻译的汉德对照本的《十四行集》，本打算再系统地翻读一下他的诗作，但也只有这一点了。倒是另外翻到两本厚厚的《冯至学术论集》，只是我的兴趣恰恰在于他的诗歌。虽说翻阅其他的合集和各种选本也还可以见到一些，但已是一鳞半爪，无法集中读出全貌。想来惭愧，我是号称专攻中国现当代文学之人，然而对冯至的诗歌却素无多少深入的研读。说真的，过去我读他的诗，除了对他的《吹箫人》等几首长诗有格外好的印象外，对他的抒情诗总的感觉是比较僵硬刻板，且有看到他在新中国成立后写的《韩波砍柴》那类半生不熟的“假民歌”时倒胃口的记忆，便由浅见再加上偏见，一直不愿细读。此刻在遥远的异国，踏着70年前诗人走过的河边小径，我展读他的十四行时，忽然一下子被深深地震撼了——我从中读到了诗人从欧洲文化和德国哲学中带回的种种启示，读到了结束青年时代的热情与忧郁之后，诗人对人生与存在的深邃的体悟：“我们准备着深深地领受/那些意想不到的奇迹，/在漫长的岁月里忽然有/彗星的显现，狂风乍起：//我们的生命在这一瞬间，/仿佛在第一次的拥抱里/过去的悲欢忽然在眼前/凝成屹然不动的形体。”生命在临近死亡的片刻闪耀中，显现出存在的全部尖锐性，以及它令人激动和彻悟的欢欣与苦难。诗人深刻地体察出了生命的脆弱，但又深信着那彗星般的历程中意义的不言自明，深信那渺小的个体里充盈的美好记忆与凛然的尊严。这些句子让我充满了感动，什么东西模糊了我的眼睛：

我们赞颂那些小昆虫，
它们经过了一次交媾，
或是抵御了一次危险——
便结束了它们美妙的一生。

“我们整个的生命在承受/狂风乍起，彗星的出现。”这是开卷的第一首。用渺小的存在持守生命的启示与尊严，这质朴的诗意显得格外博大和坚强。在此前的新诗中，可以说没有谁会这样写，不管是那些自我扩张的、悠闲绅士的、忧郁悲情的、晦暗绝望的，所有的人都没有把目光投向这样的事物，并如此感动着“提前到来的死亡”。它让我相信，再弱小的生命在它们的存在里，也闪现出创造的意志与智慧的光芒，它们燃烧着消失，由于死亡而存在，就像一颗颗天地之间巡弋的流星。这是多么壮丽的理念，令我豁然而心惊。我一下子改变了对诗人的看法。

事实上，冯至早期的诗虽然也声称受了里尔克的影响，但总的来说给我留下的印象不深，句法和语感不那么流畅，思想也绝对没有如此深邃。在他写于1979年的一篇《自传》（大约至少另外还有一个版本）中，冯至称自己在海德堡“听雅斯丕斯讲存在主义哲学，读基尔克戈尔和尼采的著作，欣赏梵高和高更的绘画，以极大的兴趣诵读里尔克的诗歌”，但在整个30年代他的诗歌写作却是一个空白。虽然有些译作，但自己却“写不出来”，这的确令人奇怪。他在这篇《自传》中，把这个原因归咎于在“第二次国内革命战争的复杂斗争中”，自己“却无视现实……”云云。请注意，他这时说自己在接受上述影响的时候，心态不免有些“微妙”，他当然掩饰不住有一点得意与优越感，但又用了一个“却”字。这言不由衷的表白和“自我批评”显然有些酸意，只是考虑到刚刚度过了极左年代的心中余悸，这样的说法也还是可以原谅。最真实的情况，我想应该是由于他年轻时代的情感方式受到了强大震撼的缘故。人常常是这样，当他对一件事物或一种思想还未完全弄通时，总是大着胆子评头论足，等到他真的弄懂了，大约又因为敬畏而沉默，我想冯至就是这样。年轻时代喜欢的是表皮，“色彩的绚烂，音调的铿锵”，还有那“幽郁而神秘的情调”等等，但1936年，他真正读懂了里尔克，也读懂了荷尔德林，明白了他们的写作只取材于“真实与虚伪、生存与游离、严肃与滑稽”（《里尔克——为十周年祭日而作》），几年后，他恰恰是在战争的间隙里，在避乱的山居小屋里昏暗的油灯底下，开始了同样境界的写作。读1941年他的27首十四行，我的灵魂感到颤抖。

一个诗人不可能没有弱点，作为完整地经历了现代和当代中国历史的

冯至在海德堡，1930 年

知识分子，冯至可以作为一个研究的例证。他 16 岁开始写诗，并考入北京大学预科，两年后即参加上海“浅草社”的文学活动。1925 年 20 岁时又参与发起“沉钟社”，之后在很多年里还一直得到鲁迅这样的前辈的鼓励，他的写作一开始就通过他研究德国文学的叔父冯文潜而受到德语诗歌注重智性与思想内涵的传统的影响，并由此延伸为受德国哲学、特别是存在主义的影响，这才有了他自己所说的“三个时期”中的前两个时期：即 20 年代的《昨日之歌》与《北游及其他》时期，以及 40 年代的《十四行集》时期。但你无论如何也难以想象，写出了《十四行集》的冯至，后来又写了《韩波砍柴》那样的作品。一个极有天赋和造诣的诗人，变成了一个倒人胃口的鹦鹉学舌者。现在想来，我们当然会说，一个诗人如果不能按照自己的内心与个性去写作，按照艺术原则去写作的话，为什么不保持沉默？冯至如果活着，自然无法回答这样的追问。但事实却是他根本无法沉默，所有的诗人都参与并共同制造了那个假民歌的时代，郭沫若、艾青也一样，闻一多如果活着恐也不能免俗，这是当代中国诗人共同的悲剧。

在冯至的那些学术研究著作中，也可以读出同样的问题，就是学术思想贫乏的时代病。无论是他对杜甫的研究，还是对歌德、海涅和德国文学的研究，除了翻来覆去的思想性的阐发对照，进步性和局限性的分析辨别，确实难以叫人得到更多的东西。这也颇令人悲哀，一个论说有过那么深厚的文化底蕴的学者，其学术论著的思想与精神含量何以会如此贫瘠？我特别希望能够读一读他当年研究诺瓦利斯的那篇博士论文，看看是什么模样，想必那与他后来的学术论著是大相径庭的。但翻遍那些著作，却寻不见踪影。

1979、1982 和 1987 年，冯至曾三度重访故地海德堡。那已是整整 45 年之后了，翩翩少年已经变成了古稀老人。我没有读到他专门回忆海德堡的文章，但读到了一篇写于 1981 年的《涅卡河畔》，那是写他坐在上游的图宾根追念下游的海德堡读书经历，以及追怀诗人荷尔德林的一篇文章，他写到自己“坐在图宾根涅卡河畔，却不能不想起四十五年前”，“那时我常在夕阳西下时，坐在流过海岱山的涅卡河畔的长椅上”的情景，很让我感动。不知那一刻他是否还想过自己漫长的一生，虽然他写下的是一个又被革命和政治曲解了的荷尔德林，但我想他那一刻肯定也有几分凄然与恨悔，风雨苍茫，世事变迁，一个人奔忙一世，耕耘一生，留下了多少？如果他还是一个诗人，他应该有一些怀疑，有一些检视，他知道将会留下什么，而另一些东西将湮没进时光的废墟。想到这里，他应该眼含一颗老泪，长叹一声。

我眼前出现了那个老人的幻影，河边的长椅上，我听见他正发出那样一声叹息。

海德堡林立的教堂的尖顶，融合了哥特式、巴洛克式等不同的风格

海德堡的荷莱奥斯特大教堂内景

教堂的钟声

站在城堡对面的山坡上，最难以躲避的是山下许多座教堂里传来的此起彼伏的钟声。每个礼拜天，这钟声都会让人心慌地响成一片，那时，几乎所有的人都要携家带口去教堂做弥撒，而我却只能选择一个人去河对岸的圣灵山，去那儿寻找属于我自己的一份宁静和安闲。

一河之隔，仿佛构成了两个世界。

我爬到了半山腰，慢慢地走着，尽量让自己感受到那种局外人的悠闲，可实际上是在消磨着时间。听着那似近犹远的钟声，有若隔世的召唤，俯瞰着下面的世界，终说不清那是一种怎样的意绪和心怀，是一种刻意的“区分”呢，还是一种无奈的被拒绝？我知道这和在自己的国家的情形是一样的，人群选择的内容和形式都不同，但在本质上却又是那么相似。对大多数人来说，他们是通过和大多数人的一致，来融入所谓主流的价值观与生活信念的，他们必须认同一种力量，以逃避个体的孤独和弱小。其实也可以这么说——不是因为他们有共同的信仰，而是因为他们有共同的弱点和需求，这便是哲人所说的“群体的专制”了。只是对中国人来说，人们要融入的，常常是一种伦理或者政治，一种世俗意义上的规范与秩序；而对西方人来说，则是宗教，进教堂成为其人生教养和群体认同的一种必要形式，成为一个人终生的，或者至少是一个时期的必修课。在科学高度发达、现代教育已极为普及的欧洲，这一切仍旧没有改变。可见这不是用简单的科学与迷信、文明与愚昧一类概念和道理就能够解释清楚的。

我沿着哲人走过的小径，沿着他们吟哦和眺望过的山间草地，茫然地走着，看着山下这个不属于我的世界。我知道，这就是文化的疆界了，不光是因为我的头发和肤色，语言和血缘，而是一种无形的东西，把我挡在一种永远无法逾越的距离之外。其实多数时候"保守"的倒不是政治，而是文化。是文化常常迫使人必须要作出选择：是，或者不是。对此刻的我来说，就是当我无法获得文化认同、产生那种由衷的"融入"其间情感的时候，所感到的那种无论是拒绝还是被拒绝，都无法回避和免除的困惑与孤独。

偶尔也会有走进那教堂瞧瞧的时候。在山上转得累了，就沿着台阶，穿过密密的灌木林，下到涅卡河边，再踱到城里，这时教堂的钟声都已歇了，做弥撒的人群陆续散去。便在沿街的小咖啡店里要一杯咖啡，或者随便买点什么吃的，看着那些从教堂里出来的人们拐进饭馆商店，或者钻进车里，一溜烟不见了，便觉得有些奇怪，主的孩子们，你们刚刚还都是兄弟姐妹，这会儿又各奔东西了，回到了你们的世俗世界里。

我那时也会悄悄地来到教堂的跟前，推开巨大的木门，看看里面的情景。一切都静悄悄的，烛火的气味和人群的体温似乎还萦绕在空气里，但眼前却只是剩下了一张张空荡荡的椅子。站在偌大的空间里，最强烈的感受是个体的渺小，太渺小了。我想这也许就是神学和哲学之所以能够成为近缘的原因吧。这样的场景，使人产生了许许多多"终极的追问"，人为什么会需要一个上帝？人是如何创造了一个上帝？生存的意义和归宿是什么——我是谁，我从哪里来，到哪里去？这并不是俗人可以随便嘲笑的痴人问梦，而是真正严肃和需要回答的问题。哲学，存在，生命，信仰，一张张空空的椅子，这个空无一人的世界里，我感到一种强烈的恍惚和疑惑。

但那毕竟是一刹的事。等出得教堂的门来，回到阳光下，那感受很快又消失得无影无踪。我明白了，某种意义上不是上帝创造了人，而是人首先创造了形式，创造了教堂和其中的一切繁文缛节的陈设，然后是上帝自己自然地住了进来。

某天，拗不过一位同胞的相邀，她请我去一帮华裔人办的教会那里瞧瞧，也是无聊，也是好奇，就跟她去了。在一间说不上是私人还是公共场所的小会议厅里，坐着大约五六十个人，自然都是清一色的黑头发、黄面皮。大家见了自有几分亲切感，一问，多是从台湾、香港、东南亚等地方来的，再问问来的目的，有的便坦言是来玩的，因为这里可以认识一些同胞，交交朋友。问我，我便也如是说。倒也真巧，一开口便问到一个“老乡”，山东来的，在这里学医，彼此甚至还有些“面熟”，便叹世界太小。接着，布道的人出场了，据称是个新加坡来的学神学的博士，很年轻，也蛮英俊的小生。研究神学可是个令人敬重的职业，所以我对他先有了几分敬畏。可他非要先和大家“认识”一下，要让我这“新来的”作个自我介绍，我就感到大不自在，本来我只是想来听听玩的，目的是了解，认同则谈不上，至于信教，则是完全不相干的。可他非要坚持让我和另几个第一次来的人作自我介绍，就有点强拉人“入伙”的味道，叫人先自怀了紧张，败了胃口。

接着他开始了讲经，是讲《圣经》里的一些教义，结合了他自身的一些体会，现身说法，还有现实中的一些例证。平心说，他讲得不错，还算生动，但给人的感觉总是和现代的人文知识体系不怎么搭边，有些荒唐的比附或者强词夺理之嫌。因为对这些“异教”背景下长大的“知识分子”来说，仅仅从“神学”的角度来讲解圣经，是很难服人的，如果没有哲学和人文的角度，这种讲解就会显得很荒唐滑稽。比如他讲，主是无所不在无所不能的，所以现今世界上发生的一切，主其实早就预料到了云云，让人听了颇不自在。既然上帝是怜悯众生的，那他既已经预知了这世界上的所有不公和不幸，那为什么还不现身，来避免这些事情？说到底，神学这东西是需要某种语境来起作用的，如果起点和语境找错了，那神学也就难以成为神学。

大学里的知识分子——我常常对这些人的宗教观感到好奇，既然是研究各种科学的，他们是否还相信宗教？我问他们，回答一般是，“不信，但教堂还是要去”，因为他们在教育孩子方面不会轻易放弃这一课，至少作为一种文化和道德教养对孩子来说是必须的，“有所敬畏”对他们来说不是坏事。所以他们大都会在礼拜日带孩子们去教堂，有的还要千方百计让孩子进唱诗班，甚至在家里每次吃饭之前，也要做一个简单的祈祷仪式。我最初在友人家做客时，还对此感到惊奇，后来就觉得真是个很好的形式，这样的祈祷和感恩，对孩子来说绝对是没有坏处的，它会启示孩子对生活和生命的深入体认，启示他们在世俗的生活里认识一些关于“存在”之类的哲学问题——我不知道这是不是天主教国家里哲学特别发达的一个原因？总之孩子是认真的，他们幼小可是深沉的眼睛里，分明显示着这样的作用。

很多年前，曾经为台湾诗人余光中的一段话所震动，他在谈及台湾的现代化过程给知识界和整个社会带来的震撼时说过，现代化带来了传统的解体，但这种巨变对东方人和西方人来说，又是不一样的，“西方人的失落，多半是因为机器声压倒了教堂的钟声；而中国人的失落，却恐怕在于其农业文化价值面对工业文明所显的慌乱”。他的这句话，道出了中国人现代化的两难困境，向往西方，却又害怕西方；要保守民族传统，却又对自己的文化不那么自信，所以总是犹豫来，掂量去。中国人在20世纪里所走过的弯路，所遭受的挫折磨难，大都与此心态有关。

我此刻意识到了所谓“教堂的钟声”的意义，在工业时代迅疾的速度和节奏里，这钟声是悠扬和缓慢的，但唯其缓慢，它对现代人精神的安慰，甚至医治作用，才如此的大。它是召唤之钟，在科学化解了神学世界、技术战胜了个体人的主体意义的时候，它维系着人与群体以及传统之间的精神联系；它也是警示之钟，告诉人们，欲望不是可以无限度地膨胀的，世界并不存在一个“永远的未来”，时间既不是一个无限期的开放体，更不存在一个“将来一定战胜过去”的虚构伦理。它是对进化论思想和技术化、实利化和欲望化的现代社会价值尺规的一个必要反动。正是因为它对“世界末日”的预言，这末日来临的时刻才会得以推迟些。因为人类以毁灭自己的生存土壤为代价，所谋求的“发展”，实在是如同一列拆除了刹车装置又高速前进着的列车，它的前景如何，根本用不着去说。

“无所畏惧”曾是我们所引以自豪的一种精神，现在看来，这恐怕不完全是一件好事。比如我们现今的道德问题，从大处说，人的基本良知，还有为公众所维护的社会正义，在很多情况下，是缺席的和下降了的，见怪不怪是中国人的习惯，为什么专横和以强凌弱是如此盛行？为什么贪欲和侵吞豪夺是如此难以禁止？为什么谎言和欺诈通常是成功的要诀，假货和以次充好是发财的捷径？为什么暴行和公然的侵犯常常无人制止？为什么不关自己的利益，通常就只有袖手旁观？还有对自然的无节制的掠取与破

海德堡的圣灵大教堂

坏，令人悲愤无言的滥伐森林与盗猎动物，对任何弱小生命和生灵的轻蔑和漠视……不要说在过去的几十年里发生的一幕幕悲剧，就是现在，在我们的日常生活里，又有多少令人惧怕的事情，在一点点堆积。无所畏惧，看见的人置若罔闻，直接去做的人则心安理得，永远不会主动地忏悔……我们常常谴责别人是不懂得忏悔的，可我们自己，又懂得多少？我不知道，像我们这样一个重视道德教育重视了几千年的民族，为什么常常在最基本的道德上发生问题？假药——比如当我问德国人说“你们这里有没有假药”时，他几乎惊呆了：竟然会有假药，为什么会有假药，怎么会有假药？

而我就笑了，很平静地说，为什么不会，我们那里经常会有，什么都有假的，假药有什么稀奇，只要是为了钱。

这便是无所畏惧。我当然不认同，也不喜欢用基督教的神学，来唤起我们自己的良知和畏惧，但我也同样想不出，究竟用什么，可以阻止我们正不可遏止的欲望，唤起我们内心的一点点畏惧？

涅卡河上的疯狂歌手

这条河上布满了他的踪迹，暗蓝色的水波闪烁着他的忧伤。从故乡的劳芬小镇，到图宾根的大学和教堂；从海德堡圣灵山上的思想者，到法兰克福的家庭教师；再到遥远东部的魏玛和耶拿，去追寻那里的哲人和心中圣者的踪影……荷尔德林，在这条河上展开了他年轻时代如画的梦幻，又到远方去捡拾他那注定流浪的、充满了落魄和失败的人生。

很少会有哪一本书能像它这样令人激动不已，它就是 20 世纪奥地利最杰出的作家——斯蒂芬·茨威格所写的《与魔鬼作斗争》。在这本充满了激情和悲伤、充满了磅礴的思想和缥缈的灵感的书中，茨威格用了诗意的笔触和哲人的思辨，解释并描述了三位最具悲剧性的德语作家——荷尔德林、克莱斯特和尼采——他们不平凡的艺术、思想、心灵与命运。他使我陷入了深深的冥想的迷茫：在这个崇尚思想和富有理性的民族中，何以会有这样卓绝和令人不可思议的疯狂的典范，而且还一下子出现了三个？

施瓦本山地的美景，大自然与人的足迹的过分的和谐，造就了荷尔德林赤子般的简单。这是一个违拗的逻辑，冲突的社会造就着智者，而和谐的大地山川则孕育了赤子的纯洁。“在德国思想史上从来没有从这么贫乏的诗歌天赋中产生出这么伟大的诗人，”茨威格感叹道。同样作为德语作家中的一员，我相信茨威格这样说不是为了危言耸听。我由此也相信，诗人在他认知世界和与芸芸众生打交道时，有他自己的特权，这就是海德格尔在他的《诗·言·思》中所给予荷尔德林的赞叹——“单纯者的辉煌”。诗人的智慧也许就是大自然的完全的和谐统一，天地有大美而不言。山川无语，大地何愚，诗人亦然。无为正通向无所不为，单纯至极正蕴涵着最高迈的智慧，这就是赤子的辉煌，为凡人不可思议的奇迹。你可以视之为痴愚、脆弱的稚子，但天地的至理，人生的真髓也在其中了。

诗歌通向着哲学，因为它探求、实践和解答着生命；诗歌高过了哲学，因为它可以更便捷地通向真理。很明显，哲学再深奥也终将陷入人力自身固有的贫乏，而诗歌却与真理同在，它单纯的形象，超越了复杂的逻辑的

对荷尔德林诗歌推崇备至的哲学家海德格尔（1889—1976）

陷阱与荆丛。所以我明白，曾巡游这块土地、这片山河的海德格尔，他对诗人的推崇绝不是矫情的借用，而是有限对无限的敬慕和领悟，因为他太单纯了——一如这辽阔的原野，施瓦本平缓的山川上漫飘的白云，还有白云下美丽的苍生，生存的和平，还有蜿蜒的树木河流，逶迤的草地和牛群。

我想象那时，他站在高处，语言贫乏到极点，嘴里只有茫然的欷歔，似有若无的呢喃。语言在这时和这里已失去了意义。他用了最简单的音节，和最苍白乏力的音调，甚至看起来让人难堪和尴尬的重复，较量着古往今来那么多才思泉涌、文采横溢的诗哲。他的真诚和热切、执著和疯狂，让一切仅靠才华和语言邀宠的文人墨客们宛若遇见了阳光的晨露一样，转瞬即逝，一点也靠不住。

为什么会是这样？那些简单的文字缘何具有这样不凡的启示？他是怎样具有这种点石成金的魔力？

这就是不朽的诗人和平常的诗人的区别。他不是靠自己的笔来完成他的作品，他靠的是自己非同凡俗的生命人格与人生实践——尼采说，天才是庸众的敌人，而即便在哲人和艺术家的行列中也充满了这样的对立，所以有博尔赫斯所说的“诗人中的诗人”。寻常人只用笔写作，而非凡的诗人却用自己的人生来书写。这人生甚至不是人杰鬼雄式的伟岸，不是“世人皆醉我独醒”的高大，而可能是失败与落魄的悲壮，甚至是狂人般的自我怀疑与人群恐惧症……于是天地间有了另一种悲剧，他和自己内心的魔鬼——那人世的欲望与庸恶在他内心的映像与渗透——去拼杀，他的超人性不是由于他的人性的完美，而是由于他同自己内心的恶魔进行的殊死的肉搏。他创伤累累、血痕遍地，他由此演出壮丽的戏剧，这戏剧不亚于俄狄浦斯的惨烈、希绪弗斯的荒谬、普罗米修斯的悲壮。

从屈原到鲁迅，到海子。这是在遥远的东方；在这里则有更多的例子：19世纪伟大的浪漫主义者们，还有凡·高、斯特林堡、爱伦·坡，有弗吉尼娅·伍尔芙、西尔维娅·普拉丝……诗人上演着人世间最惨烈的殉道的戏剧，承受着自我的分裂与病痛。他们在活着的时候只有被误解、伤害、鄙弃和嘲笑的份儿，他们伤害自己也伤害别人——这盲目的伤害也构成了他们不平凡的生命的一部分。

这样他就成了希腊神话中的不幸而又不朽的青年法厄同。茨威格这样写道：

> 这个古希腊人塑造的漂亮青年，乘着他燃烧的歌唱飞车飞向众神。众神让他飞近，他壮丽的天空之行宛如一道光——然后他们毫不留情地把他推入黑暗之中。众神需要惩罚那些胆敢过分接近他们的人：他们碾碎这些鲁莽者的身体，弄瞎他们的眼睛，把他们投入命运的深渊。但同时，他们又喜爱这些大胆的人，是这些人以火光照亮了他们，并把他们的名字，如"神威"，作为纯洁的形象置于自己永恒的星群之中。

这是诗人的代价，也是报偿。人其实与神也一样，他们最终会折服于这样的执著的勇敢者——因为再愚钝的人也会有那么一个高尚的灵光闪现的一瞬，他们希望自己也能够成为法厄同那样的勇敢者，但却只是想想而已，因为市侩气在他们的身上最终占了上风。

无独有偶，40年代和战后一直在海德堡大学担任教授的另一位哲人，存在主义哲学的巨匠卡尔·雅斯贝斯，也对荷尔德林推崇备至，他列举了米开朗琪罗、凡·高和荷尔德林的例子，指出，寻常人只能看见世界的表象，而只有伟大的精神病患者才能看见世界的本源，伟大精神病患者按照自己的意志所创作出的作品，是无数“欲狂而不能”的平庸的模仿者永远无法企及的。他以此来诠释荷尔德林的精神世界和艺术作品。半个多世纪过去，他的评价与茨威格的赞美一样，如圣灵山上阵阵的松涛一样回荡着，安慰着那颗纯洁高贵又质朴潦倒的灵魂。

荷尔德林吟哦着，来到圣灵山。人们把他踏过的小路叫做哲人小路。现在，人们终于承认了他，不但是将他作为诗人，而且是作为诗哲来尊敬，盲目地崇拜着，几乎是将他当做了神灵的一部分，甚至他的疯狂也变成了他的浪漫和非凡的一部分。这就是世界，庸众的逻辑。他们永远只面对死者，而不面对活人。

这使我想起了作家施蛰存的话，他在一篇大致是叫做《怎样纪念屈原》的文章中是这样说的：每一个时代的人都纪念死去的屈原，而同时又都制造和嫉妒着他同时代的屈原。这是诗人的悲剧，也是人类共同的不幸。

涅卡河静静地流淌。只有这不息的河水，这莽莽苍苍的森林和山野才真正接纳和亲近着诗人那悲伤的灵魂。他是疲惫的，人世的卑俗使他疯狂，而大自然的壮丽却赋予他智慧。当自然之清和人世之浊发生了不可避免的冲突的时候，疯狂是唯一缓解的方式，哈姆莱特是如此，堂吉诃德也是如此，尼采、荷尔德林、凡·高……没有例外，而且要知道，还有内心的魔鬼，这是更为危险的，其实所谓神，不过是人类内心魔鬼的外化形式，不是他们把法厄同打入永恒的深渊，而是人类自己生命的内部就布满着这样的深渊。在这样的危险中，又只有大自然能够化解其危机。这就不难理解，为什么所有伟大的艺术家都那么执著而疯狂地热爱着自然了。

涅卡河上漂泊的灵魂，诗人中的诗人，我看见他带着凡人俗夫的全部

秋光映现在涅卡河岸

弱点，从草际和水波上走过，没有什么标记，甚至褴褛的布衣和风中飘飞的乱发也不使他更加显眼。

德意志的暮年

在德国，似乎很容易会看到一些70岁以上的老年妇女，但却不容易看到70多岁的男人。我知道，那是战争的原因，战争送走了大多数的那个年龄的男人，好战的和不好战的，罪有应得的和无辜受过的，而被时间剩下来的就不多了。

在涅卡河边休闲长廊的连椅上坐着一个老人。他手拄拐杖，身体显然已经很衰弱，但对这外面的世界却似乎还充满着留恋，他的眼睛眯起，出神地看着河上自由嬉戏的天鹅和野鸭，衰老的脸上露着一丝夕阳般的欣悦。他似乎常来，和很多老人一样，他们通常都没有伴，孤身一人，他就那样枯坐着，眼睛里充满了茫然与孤寂。

他在想什么？很想和他谈谈，但却语言不通。我从他身边走过，一直注视着他，后来他发现了，向我很和蔼地点点头，说了一句大概是“下午好”的话，我也含糊地点了点头，还是就那样走过了。

后来我就发现，他每到天气晴好的下午总会出现在那条长椅上，每一回碰面我们总是很默契地微笑、点头。直到有一次我遇见一个搀扶着他的中国留学生，我的好奇心有了满足的机会。我问那小伙子，知道老头儿原来是他的房东，因为他们关系处得好，房费很低，而他便作为回报，偶尔陪老人解个闷儿，散散步。我还从他那里知道，老者现在是孤身一人，虽也有几个儿女，但都远居另外的城市，根本不与这个父亲来往。因此他便对这个中国的年轻人很不错，给了他很多家具器物，并且只象征性地收点房钱，而他也抽空照顾一下老人的起居，算是各取所需。我对这些当然都不怎么感兴趣，只是惦记着要了解这老人的身世，所以聊了几句就转而问他，不知这老人年轻时是否也当过兵？小伙子说肯定是当过，“不过，”他悄悄地说，“他不爱谈这些，一提过去总避而不谈。”

老人似乎是明白了什么，把目光转向年轻人询问。年轻人叽咕了几句德语，老人的神色一下子灰暗了下来，把头扭到一边。沉默了稍许，他颤颤巍巍地站起身，向我微微耸了耸肩膀，慢慢地向前走了。小伙子对我努努嘴，大约是示意问到了不该问的问题，触到了人家的伤心事。

我后悔之余，也不免感到心在微微震颤。目送着这个衰朽又和善的老

犹太裔美国老兵瓦德曼（右）与纳粹德国老兵乌尔泽，在阿尔卑斯山上一处当年希特勒的别墅会面

人，我眼前忽然出现了幻觉——似乎看见了他当年穿着德国军服的样子，那种年轻的、不可一世气势汹汹的样子。当然这一切，不过是来源于过去多少年里美国和欧洲电影所带给的完全脸谱化的想象，但我确实想象不出，那样一个兵，一个或许杀人如草芥的、狂妄的法西斯士兵，与眼前这个白发苍苍、日薄西山的老人之间有什么关系。时光真是永恒的造物之神，世界的主宰，她想让什么变，就让你连一点踪影也找不出来啊。

历史已然了无旧痕，我看到的今天的德国人都是彬彬有礼的。这个置身于发达的社会却又显得朴素、谦逊、诚实和勤劳的民族，说话和气，用诚实的、甚至可以说是刻板的劳动安身立本，几乎没有欺诈和偷窃，甚至语言都充满了询问式的谦和语调。如果你注视他们，有的人会礼貌地避免与你对视，有的人则会含着微笑与你点头。他们沉湎于工作，富有但大都简朴，冷漠矜持但又大都善良，看穿着甚至不如中国人入时高档……这一切都使我无法想象，无法与他们当年的挑起战争、给全欧洲乃至世界带来了一场劫难的历史联系起来。用一位德国的著名汉学家顾彬（Wolfgang Kubin）的话说——有一次在中国的一所大学演讲时，有学生问他“什么是德意志民族精神”时，他幽默的讥讽说：“呵啊，德意志民族精神，就是女人到了40岁还希望有一位王子来解放她；男人在一生中只知道工作工作工作，烦死啦。”这番回答让在场的所有的人都忍俊不禁。

德意志是平静的，今天的土地宁静祥和，古老的城镇和美丽的乡村都保留着中世纪的森林城堡与田园牧歌的风格，大都市的现代化社区也耸立着象征富有和豪华的摩天大厦，但这平静的土地下你却可以想象那成堆的白骨，化为齑粉的人民，那满目的疮痍，一片片的焦土，以及那些70岁以上的德意志老人们心中永远不能消失的死亡的恐惧，和不能愈合的创伤——而今他们已将被时间收割净尽。今天的年轻人还能体会到这一代人所承受的灾难和痛苦吗？那所有的狂热与沮丧，最初的迷信与最后的绝望，被毁灭的家园的废墟，以及生离死别的号哭与悲壮？无法想象这颤颤巍巍瑟缩于暮年的老人们内心的风景，他们兀自快乐、自在地潇洒着，享受着现代文明的生活，他们的车子从河岸的公路上飞速地驶过，车里响着狂放的摇滚音乐。这一切都与河边沉默的老人形成鲜明的对照。

美国《时代周刊》刊载的德国陆军元帅隆德施泰特像，曾任南方集团军司令。战后曾受审，后获释，最后在策勒附近一所养老院安度晚年

但那让人难以置信的喧嚣却曾经席卷在同样的土地上，整个德意志都曾经陷于可怕的疯狂。那是多么不可思议的场景，一个疯子利用了日耳曼人的朴实和勤奋，用他那特别具有蛊惑力的演讲，将一个民族心甘情愿地绑在了他的战车上。那是多么乖戾、霸道和充满血腥气息的言辞啊，而“人民”——这有时看起来不免可疑的词语——却就那样轻信了他，为他欢呼，模仿他那种看起来蛮横和具有侵犯性的举手礼，并为他创造了让德国神话般迅速崛起的奇迹，让他具备了发动那场战争的一切条件，而他们——人民，又亲眼看着，无望地、眼睁睁地看着他把这一切都予以彻底的毁灭，那些财富、文明、灿烂的历史古迹，还有那曾充满了自信和骄傲的日耳曼人民的心，他们的希望、汗水、人性、情感和亲人，一股脑地被送进了地狱。目睹这一切的，就是而今那些枯坐在夕阳中的老人。

幸好还有那么多珍贵的实景资料通过胶片留下来。德国的电视上经常会播出那些历史专题片，前后对照，真是惊心动魄。当古老的曾经壮丽辉煌的都城柏林化为一片瓦砾，整个德意志变成一片废墟，那些曾不可一世的德意志军人的方阵，最终变成了军容不整、形神憔悴的俘虏的时候，你该怎样想象那些饱受了灾难和恐惧的人民的经历，他们的心路历程。

那一切都会永久地刻在他们的心里。语言——仅仅是语言，所谓“思想”转变为力量的载体，为他们虚构了一个神话。阿道夫·希特勒，这个出生于奥地利的狂人，曾恬不知耻地在他的那本《我的奋斗》中说，世界上有很多伟大的思想家，但他们的思想却常常很难转化成现实的力量；而伟大的演说家却能够把思想直接转化为群众的意志，虽然他们不一定同时是伟大的思想家——他自己就是这样。这番话虽然无耻，却道出了一个事实，那就是语言也会把“思想”转化为灾难，它的华丽和伪饰的修辞，更

被轰炸后的柏林街道

容易让人们上当受骗。考察德国的现代史，人们无论如何都不应忽略这一点。其实一切原本很简单，谎言和谬论一旦被置于“伟大的迷信”的位置，很容易就会出现那样的结果。在那样的时候，“人民”不过是无数只耳朵，一个只能接受而无法思考和判断的接收器。所以，哲学家克尔凯戈尔早就说过，“群众是虚妄”。等到人民发现上当，明白那不过是谎言的时候，他们已经和刽子手一起下了地狱。这样的教训，恐怕也不仅仅限于德国。

电视上曾有一个镜头让我久久不能释怀，那个老人在回忆战争结束之后，他于苏军战俘营又度过了多年的劳工生涯，之后终于得以回国与家人团聚——然而他并不知道，他所期盼见到的家人实际上早已一个也不在了——的时候，禁不住泪流满面的情景，他摇着头，一个字也说不出来。其实这就是德国的普通民众在这个世纪里典型的处境，两次大战都由他们的国家挑起，最后承担苦果和灾难的，当然也是他们。真正的元凶还曾经历了不可一世的风光，而那些根本无法掌握自己命运的人民，最终却无言以对，只能选择眼泪，或者沉默。

我同情今天德意志的老人们，他们的暮年让人心痛。虽然如今的德国重又崛起为世界经济的强国，但 70 岁以上的老人们却经历了最黑暗的一页，他们的年轻时代被分给了暴政、愚弄、死亡、离散、罪孽和贫穷，他们每个人心中都装着一部历史，辛酸、沉重、不堪回首——虽然他们能够选择的不过是沉默，虽然他们也需要赎罪和忏悔。这是无言的晚年，无言的历史。

不过，或许沉默就是历史存在的最真实的形式，后来者中的一少部分，虽然会有叩问和追寻历史的兴趣，但通过书籍和其他的记载方式追寻历史，从本质上说是残忍的，好比是活着的人面对死者的痛苦表情，相隔咫尺，但已永不能以手相接相助。好在可以自慰的是，不只饱经磨难的人都已消失或沉默，那些作恶多端的人，不管他们当初是何等狂妄和作威作福，他们的结局也同样是消失和沉默。

特里尔印象

我的终点站是一座特殊的城市，对一个中国人来说，它的意义至为复杂，甚至于还有一种难以言喻的神秘感。虽然它很小，甚至很偏远，偏远到几乎是德国的最西部，小到只有十来万人的规模，但它却比任何一个地方都要吸引我，不仅因为它是除希腊和南欧之外欧洲大陆上最古老的城市——“神圣罗马帝国”皇帝的行宫曾设于此；而且还因为，它是一个影响了中国现代历史的人物的故乡——卡尔·马克思就出生在这里。

我总在想，一个德国人乃至西方人，也许永远不会理解一个中国人内心世界的隐秘，因为他们没有经历过现代以来中国的历史，苦难的、戏剧性的、微妙而多变、翻云又覆雨的历史。而所有这些历史，都与他们的国家和土地上出现的这个人物有关系，那是一种近似于宗教的情感，尽管一个中国人所理解和想象的马克思，和一个德国人眼里的马克思是这样地不同，但那种与生俱来的无法割断的关系，几乎与西方人同他们信仰中的上帝的关系一样微妙、多意和牢固。尽管在最近的一二十年中，一切都已经发生了意想不到的变化，但对于我来说，变化的只有这变得复杂的心情，而不变的，则是那份说不清楚的神往……

列车飞速地穿行在德国西部茂密的森林里。这是莱茵兰-普法尔茨以及萨尔的森林，历史上，德国和法国多次为了这块土地而开战。我现在知道了这原因——它太美了。莱茵河的另一条重要的支流，摩泽尔河，从这里蜿蜒流过。两座虽算不上险峻，但也称得上是壮观的黑森林山和普法尔茨山横亘在这里，山与水，与绿意盎然的森林，构成了在冬日也依然生气勃勃的景致。在蒙蒙的雨雾中，山川草木反而显得更加鲜亮葳蕤、枝叶纷披。在疏密交错的林木间，一处处建筑精巧的乡间小镇从车旁掠过，一座座塔尖高耸的哥特式的教堂和漂亮的民居，点缀掩映在林木浓密的山谷和坡地上，还不时伴以哗然作响的飞瀑流泉。这样的景色和居住方式，真是和童话无异。

特里尔位于摩泽尔河谷的西端，这里历来是盛产葡萄和美酒的地方，因为土质和气候的关系，加上夏秋两季比较充足的光照，因此葡萄的质量特别好，也就有了古老的酿酒传统。这里出产的白葡萄酒据说是世界上最好的，红葡萄酒当然比不得法国和意大利，但也称得上独具特色。现在，摩泽尔河的支流正在发大水，河水涨得几乎和河堤一般高，水流湍急而浑浊，而铁路就反复地穿越在这条弯来绕去的河上，不免让人感到有几分惊恐和刺激。

沿途经过了一些城市，但似乎都比较陌生，只有一座因为足球而闻名的城市——恺撒斯劳滕是例外，本来还想要看一看这座城市，但因为赶时间，就匆匆忙忙地换了车。列车继续向西，很快，我看见了那几乎是在传说中才能见到的巨大的葡萄园。那情景使我联想到奥林匹斯山上的众神端着琼浆玉液，在山间草际漫步或是欢宴的优雅和壮观。无边际的山峦，都被辟成了梯状的田地，所有的山峰都已经成为浑圆的馒头状，从底到顶长满了密密麻麻的葡萄藤。因为是冬天，葡萄藤已经落尽了叶子，无法尽显往日的生机，但那样的规模却实属罕见，一根根架葡萄的石条整齐地矗立着，犹如一只庞大的军队，站着各种各样奇怪的队形，接受来访者的检阅。

一眼就看见了在出站口迎接的友人，这使我对这城市顿生了几分亲切感。而且巧的是，此时天空竟彤云密布，飘起了稀疏而硕大的雪花。天气并不冷，小城却在雪花中变得富有动感，平添了几分可爱的妩媚。可能和心情有关，小城居然给我留下了磅礴而雄奇的第一印象。

走出车站广场，横亘在面前的是一座巨大的建筑，这就是被称作“黑门”的古罗马时期的城堡。它整个是由黑色的巨石垒成的，再加上久远年代的战火洗礼，更加变得沧桑古旧。难怪特里尔被称做是欧洲最古老的城市，这座黑门就是见证，它差不多已有两千年的历史了。从形状上看，它既像是一个巨大的“城门”，又像是一座古堡，但同德国那些到处都是的中世纪哥特式的圆柱形瘦削而尖顶的城堡相比，却截然不同，它是典型的希腊式和罗马式的建筑风格，庄严巍峨，端正大气，上面的拱门和石柱都是标志。这样的建筑在德国即使不是独一无二的，也应属凤毛麟角。

但特里尔的历史还不止于此，从黑门城堡往南，走大约五百米就来到了古城的中心广场，广场上立着一根庄严华丽的石柱，上面竟刻着“特里尔比罗马早1300年屹立于世”的字样。不知道这根石柱立于何年，看上面的巨大的铁十字，应该是中世纪的产物，它的形状看上去很像教皇的权杖。如若特里尔果真比罗马建城的时间早上这么多，那它的历史和埃及、希腊的历史也相差无几了。只是现在漫长的时间已改变了这一切，广场周围的建筑显然都已是中世纪以后的样子了，如果不是有罗马式的黑门作证，人们对这样的豪言真有些将信将疑。不过，特里尔无疑是一个多种文化源流交合荟萃之地，因为广场周围的建筑的确是风格多样：哥特式的巴拉丁大教堂，文艺复兴式的市政厅，罗马式的圣母大教堂、皇帝浴池等等，各个时期的建筑风格都在这里留下了痕迹。难怪曾经有数位罗马皇帝曾把行宫建于此地，这个小城看来至少在一段时间里确曾是欧洲文化的中心。

中心广场耸立的中世纪石柱，上面写着：“特里尔比罗马早 1300 年屹立于世。”

巴拉丁大教堂是德国十分有代表性的天主教堂，其外观的雄伟令人瞠目，内部的装饰更堪称奢华，高悬着的巨大的十字形巨型穹顶，简直叫人咋舌，在中世纪的人力条件下，它是如何被吊装上去的，应该是一个谜。另外还有一景让我迷惑不解，在供奉圣母的巨大神龛的中间的悬空中，竟有一个色彩神秘斑斓的幻象，到底是什么我没有看清楚，猜想大约是教堂采光的花玻璃所产生的特殊的聚光效果吧，总之有如临梦境之感。还有内

特里尔的巴拉丁大教堂外景

墙上的宗教壁画和巨型的管风琴的音管，对我来说也是第一次看到。当我们进到里面时，神职人员正举行弥撒，我们只好站在一旁，静静地等着。神甫的布道自然是沉闷的，但唱诗班的歌唱还有管风琴的共鸣，却足以让人有灌顶之感。

和许多教堂不同，巴拉丁教堂似乎特别给人一种阴森森的感觉，因为在它的院子和地下室里，埋满了千年来最有德行的僧侣的遗骨，他们的坟墓密密麻麻，墓碑上刻着他们的名字和修行的功德。要知道，能够安息在这里可不是一般的待遇，他们付出了今天的人们无论如何也难以想象的坚忍。某种程度上也是这些坟墓增加了这座教堂的“哲学色彩”，使之不再仅仅是一个神学的去处。它会使人对生命产生深深的悲悯，让人想到，中世纪是用了怎样的漫长而严酷的黑暗，才积存了这么多文明的光焰，这便是

巴拉丁大教堂内景。中心神龛中的发亮体为教堂自然采光所折射出的幻景，至为神奇

历史和文化的悖反和矛盾。无数个蚂蚁般渺小的生命个体，用他们的血肉之躯，创造和累积出伟大灿烂的文化。从这点上说，所有的文化都是苦难和罪恶的结晶。它证明着不朽，却更昭示着与人性共在的残酷与腐恶。

我站在它巨大的阴影里拍下一张照片，在时而绽露出的几缕斜阳下，呼吸和回味着那叫人寒战的古老的颓败与伤感的气息。

或许正是因为这样的原因，一个伟大的批判的传统出现在这样的土地上。这似乎是一种必然，因为它具备了全部的条件：深厚的哲学传统，层出不穷的思想巨人，以及需要批判的一切事物——每一种文明都孕育了它的掘墓人，马克思就这样诞生了。一种文明之所以有活力，很大程度上也

巴拉丁大教堂内修道士的坟墓

是因为有这种批评的传统。马克思发现了毛孔里的秘密，找到了这个社会的死穴。他由此影响了世界，改变了人类社会的历史。我一直认为，马克思就是一个“叙述历史”的诗人，正是他对历史的独有的解释方式，他那诗意的描写和叙述，曾使那么多人相信美好未来的蓝图，并奋不顾身地投身到了改造社会的洪流中去。如今，这洪流自然已历经了巨大的弯曲，可在人类历史上，谁又曾像他那样如此直接而深刻地影响和改变了世界，并留下了如此巨大的文化之谜?

我终于来到了他的面前。那时雪花又飘了起来。

和他的思想、他的影响相比，这样一个标志显然是太小了：一个大约一英尺半见方的小木牌，挂在一栋毫不起眼的房子的外墙上，上面写着：卡尔·马克思诞生于此，1818。同我看到的许多哲人和思想家、艺术家的故居的标志一样，仅仅有这么一个小小的木牌。

卡尔·马克思故居

那房主如今不知是何人，大门紧紧关闭着，没有可以进去的通道，问领路的友人：就是这点标记吗？友人说：对啊，你还想看什么？

我摇摇头，不知道该说什么。几个结伴的朋友继续往前走了，而我却盘桓了许久，我不知道是该用兴奋呢，还是激动这样的词语来表达我此刻的心情。无论如何，一个中国人站在这里，已经很难再用一两个简单的词语来形容他的感受，因为一个时代已经结束，世界已发生的沧桑变化，实在太令人始料不及，昔日的风云际会，而今已变得寂静无声……我久久地站在那里，小心地凝视着这一切，直到有人把会意和带着微笑的目光投过来——我知道他们也许在猜测我的身份：又一个来寻找他的图腾和神话的人，一个奇怪的东方人。这哲人如今已经差不多被他自己的后代忘得一干二净了，却还被遥远的异国里的人们尊崇着。我不知道他们的心里，是感到自豪呢，还是感到不可思议的好奇？或许，在这个盛产哲学的国度中的人们眼里，马克思不过和康德、黑格尔，和尼采、韦伯、雅斯贝斯一样，只是众多哲学家中的一个，但在一个中国人眼里，他却是一个先知，一个革命者，一个永远正确的偶像，一个神……

是的，他们永远不会体会到，也想象不出，一个遥远东方的乡下儿童，在他的封闭而贫乏的童年时代，穿越着乡间的丛林和草垛，在低矮的黑漆漆的茅屋里，仰望着一张神祇般的画像——这个被浓密的花白头发以及令人敬畏的胡须遮住了脸庞的老人——时的心情。而多年后，他竟盘桓在这先知出世的地方，茫然地遐想着，徘徊着。这样的心情，他们永远也不会知道。

现在该轮到我还微笑于他们了，很诡秘，很多意的。

特里尔市政广场街景，可以看到各个时代不同风格的建筑

午后的时间就变得很轻松有趣了，我和几个友人应特里尔大学的一位中国留学生之邀，参观了他们的学校和住所。使我感叹的事情大约有两件，一是这里的中国留学生之多，令人惊诧，他们是采取了什么方式我说不清楚，但据说东北的某高校一下子就差不多来了一个班，而这种情况还不在少数。他们在这里大多是学习法学、经济、物理和信息技术，学习比在国内时还略轻松些，小城春秋，满有些优哉游哉的味道。

那位留学生告诉我，他来这里已经一年半多了，初来时语言有点障碍，但现在已经完全没有问题。第一年连给中介机构介绍费、外带其他费用，花掉了十来万块钱，但第二年就可以打工了，养活自己没问题。他还带我们参观了他的住处，可以说颇令人羡慕。他租了一对老人的住房的一楼，一间卧室加一个宽大的客厅，加起来有五六十平米，外带厨房和洗浴间，还有共用的很大的花园。因为房主老人很孤独，他就经常和他们聊聊天，有时帮做一点家务，所以房主把房租减得很低，每月只有不到两百马克的样子。而这小伙子也精明得很，他又把自己的空间一分为二，把另一半租给了一个女孩。他还特意向我们解释了一番，因为按照我们中国人的伦理，这似乎有点说不过去，两个未婚未恋的异性学生，怎么可以“同居”一房，可是按照这对德国老人的想法，一对异性的青年住在一起，是比较自然和可以接受的，而如果是两个男生住在一起，他们反而会觉得不舒服，因为毕竟和他们共住在一座房子里。当然——这位小伙子又补充说，他和那女孩儿并没有在感情上有所“发展”，是各自为政，井水不犯河水的。这不免让我们大家都有一点忍俊不禁。

叫我惊讶的还有特里尔大学之美。在德国，特里尔大学大概算不上是最有名气的学校，但校区的风景却实在是令人瞠目。整个学校是建在近郊的一座山上，主体部分是正居于山顶，山顶当然已经被削平，成了圆圆的馒头状，因而山顶上视野极为开阔，举目四望，城市尽收眼底，天低云暗，雾岚回绕，碧绿的草地和葱郁的林木，掩映着各种各样的建筑，真称得上是风景如画。而各处点点的皑皑积雪，更让这景色显得斑斓秀丽。只恨时间太短了，我们不得不趁着因为天空放晴而显露出的一缕血红的暮色，离开了这座校园。那时我想，如果有机会真要在这里住上一段才好，因为它给我的感觉不像是一所大学，倒更像是一座欧式的庄园，人在这里，喘口气都是格外透亮舒服的。

文明得“不好意思”

学院中人的怪癖之一，就是大凡到一处就要琢磨那里的文化，我来到德国也免不了这种心态。不过终究有许多事物是看不透的，就若常说的中国人看西洋景，也如西方人看中国，“洋鬼子看戏”只见热闹，看不出名堂，但很多事情、很多感受终竟是很有意思的。

记得林语堂在一篇演讲中说过，他在中国是一个十足的传统文化的批判者，所持的往往是西方的人文主义理念；而到了西方，就又成了一个坚定的民族主义者，大讲起东方文化的好来。过去对这样的话只能体会，没有切实的感受，而现在竟也真的是感同身受。给海德堡大学的学生们讲中国文学，禁不住生出许多“民族自豪感”来，虽是随意提些常识皮毛，却也要给他们讲解半天，要把中国人的许多哲学观念、生命意识、经验思想、艺术感受、认识方法等等一一讲给他们，单是这悠久的历史，动辄两千多年的追溯，就让他们感叹不已。即便他们在中世纪时就建了许多有名的大学，他们的现代科学的雏形体系很早就已开始发育，可在稍早一些的时候，他们还不就是一些“蛮族”和“化外之民”吗？如何比得了我们那久远的古代文明。仅就中国人感情方式的复杂程度上说，他们就很难理解，特别是在对人生和生命的体验认识上，中国人那种特有的感伤和玄奥，他们就

特里尔古城罗马时代的“黑门”城堡

气势雄浑的科隆大教堂

很难理喻。一首小诗就让他们迷惑不解：怎见得“对酒当歌，人生几何，譬如朝露，去日苦多”？又何为“明月几时有，把酒问青天”？他们就会觉得中国人的感情如此麻烦，喝酒便喝酒，高兴便高兴，怎么会又问天问地，生出些许烦忧愁闷？

有历史和没历史，历史长和历史短就是不一样。给他们讲中国当代的历史小说，首先要追溯我们古代的历史小说，讲一点小说中的历史传统，和传统小说中的历史观。原本只想略略提及那些东西，不想却又生出许多枝节，就说《水浒传》开篇的那首词，过去读书时都是要偷懒略过去的，这次一读却让自己大吃一惊，这小说家虽属“非专业”的词人，却也作得这般好词，给金发碧眼的孩子们解释一番“裁冰及剪雪，谈笑看吴钩”，让他们体味“书林隐处”的“几多俊逸儒流”，感验他们面对如此渊远丰厚的历史文化所发出的追念感慨，“兴亡如脆柳，身世类虚舟”，自己心中不免得意洋洋。和西方的诗人相比，中国的诗人便是诗哲了，任何一个都称得上是老博尔赫斯所说的“诗人中的诗人”。他们在消逝的滚滚长河与想象的虚白中，追忆往昔的英雄豪杰世事沧桑，感慨自己曾惊讶先人“求鱼缘木”，而自己竟又若“穷猿择木，又恐是伤弓曲木”的心境，不免让人感叹盈泪！我对他们说，中国人的非凡之处，其形而上学的高迈之处，正在于他们永远是深邃的生命本体论主义者，他们以历史的追问起，以人生的认识终，出儒入道，此乃真历史主义者也，否则那追寻和叩问，那上下的求索有何意义？中国人固然多“图名”者，亦多“成名”者，但那最高怀超迈的，乃是“大隐”的贤哲，不朽的“逃名”者，这乃是中国文化的神髓与精脉所在。而在西方的诗人中，能够有这样的人生感受方式的，真乃是凤毛麟角。这也真是奇怪了，过去读欧洲诗人如拜伦、雪莱、普希金，甚至歌德，甚至许多20世纪的诺贝尔奖获奖诗人的作品时，那种景仰之情几乎荡然无存了。便是那位曾隐居海德堡的诗哲荷尔德林，虽能够与中国的诗哲比肩而立，但在时间上也晚了多少辈分。想到这些，便不免有些得意洋洋。

但这得意洋洋又不过是面对书卷时才有的感受。面对另一种情境时，则又免不了尴尬与羞惭。虽说人家的“历史短”，可举目看人家明净如洗的天空，绵延不绝的森林，如画的乡村景色，高度现代化又不失传统神韵的城市，再看人家受教育的程度，人的道德素质，文化遗迹的保护，物质文明享有的程度，尤其是在战争疮痍中神话般的迅速崛起，又不免常常使我这自豪了一番的民族主义者赧颜汗下。某日应他们之邀作了一篇关于“王朔小说的解读方式”的演讲，好不容易从中找到了一句颇为幽默、堪称“经典”的可以解嘲的话，便成了天天挂在嘴上的口头禅，与德国友人常开起玩笑来。那句话乃是《一点正经没有》中于观、马青、方言一类“文痞”与外国人逗乐时说的，“有什么呀，不就才过了两百年好日子嘛。我们都文明四千年了，都不好意思再文明下去了!”捧腹大笑一番，直到眼里噙了泪才作罢。于是“不好意思”便成了互开玩笑的口头禅。

恰好，次日打开电脑在网上搜寻国内新闻，看到一条“历史研究的重大突破：我国夏商周断代工程研究取得重大进展，中国确切历史纪年又前推1 200年”的新闻，遂告知德国友人，说我们中国的文明史已经不止四千年了，现在已经是五千又两百年了。谁知他们竟也来得快，幽了我一默，说，“那你们就更不好意思再文明下去啦!”让我翻了白眼，不知如何回对。

遥想辜鸿铭

看到那两本书其实已经不止一次了，它们很赫然地摆在一个特别的新书架上，那位装扮怪异的老者默默地立在那里，似乎叫人无法绕过的样子。但每次到汉学系的图书馆都是为了查资料，只是匆匆地瞥上一眼。这次是属于没有目的地闲看，随便翻翻，于是禁不住就走到了他的跟前。因为我觉得这位印在封面上的穿清服的学人摆在这里，本身就是一种“景儿”，与中国人常说的“西洋景”相对称的一种，叫什么呢，不好说，但确实有意味，叫人有些忍俊不禁。

从不同的角度看中西方文化，辜鸿铭是一个最有意思的例证。几年前，这位奇怪的保皇党人在中国一下子热了起来，几乎像一阵旋风，一夜间家喻户晓。这和 80 年代人们怀念赞美五四的激进主义者、抨击保守主义势力相比，是多么戏剧性的反差。这似乎让人相信，文化就是这样，风水轮回，激进主义过了时，保守主义就又来了。文化的拉锯在 20 世纪的中国像一场场战争，虽不见刀光剑影，也堪称翻云覆雨。文化人正是在这样的翻覆和热闹中成了名，大凡沾点激进主义或者保守主义的，都差不多被写进了思想史，而那些非左非右的骑墙与中庸者，虽往往正确，却大都慢慢地都被遗忘了。从五四到当代，其经验差不多只有一条：越极端，出名的可能性就越大。

这免不了让人感到悲哀又兴奋——“文化”竟是如此垂青这些曾经可笑的偏激者，他们为此付出了代价，但报偿却更为可观。只难为了那些四平八稳的学术，看起来不偏不倚，却永远热不起来，更不会成为思想的源流。

大约这也成了一种规律，“思想”这东西根本上是偏激的，没有偏激也就没有思想，只有智慧才经常是中庸的——当然，我说的不是庄子式的那种形而上学的哲学智慧，而是世俗化了的东西，中国人的“生存智慧”，世故圆滑，左右逢源，八面玲珑，等等。辜鸿铭偏激得迂腐，近乎于一个偏执狂，可托尔斯泰却不嘲笑他，毛姆、勃兰兑斯也不嘲笑他，还把他引为同道、知音、思想的先贤。

可见偏激本身并不是问题，鲁迅是偏激的，五四时期的陈独秀、胡适、刘半农、钱玄同，哪一个不是偏激的？甚至毛泽东也是偏激的，毕生偏激。不偏激的人几乎都没有在思想的历史上刻下自己的痕迹，这差不多已是一个定理。历史上也是这样，有些人也很有影响，但却没有留下他思想的足

辜鸿铭，仍然保留着前清打扮

迹，因为他的那些东西大都只是一些可以“用”的、为美学家李泽厚所说的那个“实用理性”的东西，在中国文化中实际上更接近于“智性”的精神活动。而思想这东西，常常是不能直接来“用”的，是一些“无用”的东西。有一些是属于“中间”的，像《孙子兵法》，人们通常会觉得它是可以“实用”的“智囊”，但是这样一用，就觉得它只是“三十六计”，计谋或伎俩而已。实际上其中的很多东西只能作为思想，而无法作为计谋来用，否则何以会有既“熟读兵书”却又偏打败仗的马谡之流？人言“善易者不占”，可见善思者常常不过是“玩虚的”罢了。照本宣科者必然要吃败仗，真正的善用者常常是从整体、从“虚”的角度来理解的，这反而更接近了思想本身。

思想是如何生产的？这是个问题。思想的出现需要某种“势能”，首先要把一个人整个倾斜起来，才会有势；有了势，能和力才会产生。就像辜氏，在人们都剪辫子、穿洋服的时候偏留起发来，穿了长袍马褂，显见一副遗民的架势。还要倾力赞美那位几乎是万人唾骂的误国误民的慈禧，还有末世的隆裕太后，甚至他还叫人匪夷所思地引用歌德的诗，来赞美隆裕的“仁慈、善良和坚贞”，在辛亥巨变之时，他不是欢呼民族的新生，反而是祈望着“帝国那四万万沉默的人民奋起进击，坚决反对并制止这场愚蠢而疯狂的革命……”他甚至还赞美中国的纳妾制度，认为这比起欧洲人的男女生活方式来，不仅“更少自私和不道德”，而且还富有“牺牲”的精神……几乎叫人喷出饭来。

照我们通常的观点，这个人显然已不仅仅是“反动”，还堪称是顽固透顶、愚昧至极。然而我们终究还可以换一个理解的角度，因为这辜鸿铭不是一个官员，他不是呆在政府的衙门里，也不是住在乡绅的豪宅中，而是在北大的知识分子堆里，在一个激进的反对一切传统文化的时代声浪里。

因此就不能简单地认为他是一个愚者，而必须承认他同时还是一个勇者。他是用自己的勇气，而不是借助于某种外在的权力来赞美传统，因此这不仅是他的个人权利，而且还是一种勇敢的特立独行。

思想其实就是这样产生的。只有偏执至此，思想之水流才奔涌而出。大凡思想其实与所谓愚昧的谬论常常是一步之遥，思想本身或许并不伟大，也不能在它出现的片刻被印证为真理。相反，真正的思想可能是以愚昧的形式出现的——在它出现的时刻，它是以被压制、被丑化和被排挤的面目出现的，而时间的变化却将重新赋予它意义。就像孔子在他自己的时代屡受挫折，几落得丧家犬的惨淡，可时间却将他变成了大成至圣的“文宣王”。时间会点石成金，时间会化腐朽为神奇，推进和承载起戏剧般的人生和历史，时间才是这戏剧的真正的主角。因此，此刻的愚蠢之极，将会孕育着下一刻思想的光芒四射，反之亦然。因为思想就是山，看水流如何来流过，只有智慧才是随波逐流的，思想永远固执得像山。故智者乐水，仁者乐山也。

其实也只有在欧洲的人文氛围里，才会产生出辜鸿铭这样的怪杰：身居欧陆，受到其人文思想的熏陶教养，却毫不留情地猛烈抨击欧洲的文明，激赏中国的传统。也正是这样的勇敢，他才得到了西方人的瞩目与尊崇，这很怪，但却很有意思。

在我看到的由海南出版社出版的两种辜氏文集里，基本上把辜氏有影响的著作收全了，一本是《中国人的精神》，一套是上、下两卷本的《辜鸿铭文集》。前一本我早就读过，1996 年此书热销之初我就买了，草草翻阅一遍，想来多半是出于好奇。读书的感觉则是从好奇到“好笑”，颇有忍俊不禁之感。那时我对此人的印象，基本上是一个堂吉诃德，在以激进主义

由广西师范大学出版社出版的《中国人的精神》，该书在国内有多个版本

为救国之道、甚至为书生之德的 20 世纪里，他不啻一个挡车的螳螂。当然，是一个不仅可笑、而且还有些可畏可敬的螳螂。毕竟在那不可遏止的钢铁之轨上举起自己瘦弱的幻觉之螯，至少是一个勇士，一个愚蠢的勇士。因为人们须知道，他是以十数载游学欧陆的渊博的现代知识和生活背景来反对这一切的，他才是所谓西方文化的谙熟者，这就注定了他不是一个简单的螳螂。

其实思想之蠢和勇士之蠢本出一辙。

历史是不可以作假设的，没有人可以在历史的事实之外印证另一种设想。有人说，假如没有辛亥巨变会怎样怎样，可是谁能证明会怎样怎样呢？

反过来说，谁又能证明不会怎样怎样呢？这就是历史。从这个角度说，辜鸿铭是不是有他自己的道理呢？他的思想除了显示出愚蠢的一面，其合理之处还没有得到什么有力的反证。在西方人发明了现代的工业文明之后，在他们踏上了轰轰隆隆前行的时间列车的时候，东方就注定了是要失意的。因为我们中国人在几千年里，从未把时间理解成是一种前行的东西，“人生代代无穷已，江月年年只相似”，时间何曾有过“先进”与“落后”之分？历史何曾有过“未来”一定要战胜“过去”之说？如果没有这种强力的逻辑改变了中国人的生活，他们会一直按照原来的那种古老的习惯生存下去，贫穷的牧歌，荒凉的田园，“从来如此”又有什么不好呢？

时间，或者历史，它们同思想之间构成了这样一种关系：在一段时间里看一种思想，它会显得很愚蠢，但在更长的一段时间和历史中看它，它可能就显得很了不起。否则施宾格勒何以会预言“西方的没落”？可见思想这东西是不会轻易“落后”的，几千年了，庄子和老子、孔子和孟子，他们的思想“落后”了吗？我们所说的现代化是来自西方的一个东西，然而这个“现代”的文明，不是已经把地球搞得千疮百孔了吗？当终有一天，这文明要将一个好端端的地球毁灭的时候，人们终还会想起这个人：辜鸿铭。谁能说他是没有道理的呢？

但那种“想起”实在已没有什么意义了。这正是人类小智慧掩盖不住的愚蠢，小喜剧扭转不了的大悲剧。当然，这些说到底都还太远，先得乐且乐吧——我其实更欣赏辜鸿铭的一身“打扮”。有时候思想的“表态”可能是相对容易的，然而要想坚持一种打扮却很难。固然中国历史上有“留头不留发，留发不留头”的戏剧性翻转，辜鸿铭也有“遗老”的固执，可他毕竟是在穿洋服的世界里长大，是在西方的一切都成为另一种时尚的环境里留着这身打扮的，在北京大学的校园里，在新青年们的众目睽睽之下，这身打扮显然需要更多的信念、勇气和执著。我想象着他漫游在欧洲大地上的情景，他穿着洋服，戴着礼帽，喝着牛奶，吃着面包，但认同的却是遥远东方的那个文化，这是骨子里的一种东西，你当然可以将之理解为一种特别的高贵，也可以视为是一种特别的“贱”。但辜鸿铭的确没有像林语堂说的那样，在中国是一个坚定的持西方文化立场者，在西方则是一个不折不扣的民族主义者，他是始终如一的，这就很难能可贵。

1924 年泰戈尔访问北京时与辜鸿铭（右二）、徐志摩（左二）等合影

但辜鸿铭的“东方”和西方人的“东方想象”一样，大概在很大程度上也是存在于幻觉之中的。他的一个著名的论断，是拿英、法、德、美四个主要的西方民族同中国人来比，他用了三个高度概括的词，“deep”——深沉、“broad”——博大、“simple”——纯朴，来集中地概括这几个民族的特点，他说，这些民族要想真正理解中国人和中国的文化是困难的，因为他们都有着不可弥补的缺陷：美国人博大、纯朴，但不深沉；英国人深

沉、纯朴，但不博大；德国人深沉、博大，却不纯朴。只有法国人，他们才能最接近于理解中国人和中国文明，因为他们有一个特殊的精神气质，即“delicacy”——灵敏，这是真正伟大的文明才具有的一种特质，中国人不独具备了前三者，而且更具备了第四者，真正具备这四者的，只有中国和希腊古代的文明。法国人虽然具备了灵敏，但却不及德国人的深沉、美国人的博大、英国人的纯朴。

这个论断可谓有意思，它至少符合中国人的认识论习惯——讲究“悟”和“意会”，至于这深沉、博大、纯朴和灵敏的具体内涵到底是什么，你自去捉摸好了。这是不是另一种表现形式的“弱国情结”呢？设想，如果一个西方人在中国这样演讲，说他们如何如何具备着各种无与伦比的优点，而中国人却缺这少那的，我们中国的同胞们还能否有容忍的胸怀，恐怕就难说了。好在这是在西方，西方人再不博大，但却还能够容忍甚至推崇他这样的学说。

其实有一点，我认为他倒是说到了点子上，中国人确实在认识方法上比西方人丰富，或者也可以说，中国人更加“复杂”——说深沉和灵敏云云倒不如说复杂，甚至更直接说是“狡猾”。中国人论狡猾，那在世界上恐怕是没比的。因为过分的狡猾，中国人的身体慢慢“退化”了，但对生命的认识程度却不免更深些，也因此会对格外“憨厚”、相对比较诚实的西方人有一种“轻蔑”。这很接近鲁迅所批判过的阿Q精神，差不多是一种“自我保护”的精神本能。但想到辜鸿铭置身欧洲的文化强势的压迫之中，我宁愿相信这是一种可贵的民族自强精神的体现。而且，因为他一直生长于海外的文化环境中，他身上就更少些中国文化的尘垢，少些中国人的狡猾、狡诈、狡黠、狡狯……他的论断也就更值得我肯定和尊敬。

我不是一个彻底的思想“相对主义论”者，以此来肯定辜鸿铭。相反，我一直推崇着鲁迅式的民族批判立场，但我相信真正的思想并非只有一种，“真理”只不过是人的一种解释和“价值判断”。我相信换一个角度看辜鸿铭时，他的道理就会显现出来。即便是我反对这种道理，那也还有必须尊敬的，那就是他的勇气——其实，对我们民族来说，即便是我们具有辜鸿铭所说的那四种了不起的美德，那也还有欠缺的，就是——“对不同于自己的思想的宽容”。

关于狗的哲学

在德国，说 100 只狗里有 99 个种类，大概不算过分。来到海德堡三个多星期了，我几乎从未看到过形态上完全相仿的两只狗，它们的毛色、形体、走姿和大小，看上去都差别极大。这也许颇有些喜剧讽刺的意味，当年希特勒曾经试图要“纯洁”他们的人种，却不知为何他们的狗却杂种成这般模样。我原想德国只有那种气势汹汹的狼狗，却不料看到了这么多奇形怪状、让人不可思议的杂毛狗。我猜想它们决不会只与狼有亲戚，一定还会与豺、狈、狐、鼬，甚至狮、虎、熊、豹，甚至猪、羊、猫……种种类近的动物有说不清的瓜葛，因为在许多情况下，这只狗和那只狗彼此间的差别，比它们和任何一个别的动物之间的差别都要大，可以说看不出有什么真正的同类关系，唯一相同的只不过是它们都叫做“狗”罢了。

德国人是如此的爱狗，想必他们的狗的数量不会比人少多少，因为大多数家庭都养狗，而且还常常不只是一只，在海德堡的大街和涅卡河沿岸，你会看到经常是一个散步的家庭、甚至一个人就牵着两只以上的狗，它们常常风格迥异，同受主人青睐呵护。看到它们那样驯顺地跟随主人出入于大街小巷各种场所，简直是一道风景。初来时见到那种身形巨大的狼狗，不免感到惊惧，但后来发现它们并无攻击人的歹意，遂安之若素。纯种的狼狗虽看上去令人畏惧，却通常目不斜视，随着他们的中年主人高视阔步，带着几分庄重矜持的“绅士”气派；一些老年的妇女通常则牵着些形体古怪、毛色奇异的小叭儿狗，它们往往活泼逗人，气质有若小丑弄臣，令人愉悦开心。很少会听见它们在大街上发出不该发出的声音，也很少见抬脚尿墙的情景。很多狗，哪怕是看上去性情凶猛的狗，也都不带什么铁链或牵绳，通常是自主地稳步而行，并不生非闹事。只是在河滩草地和消闲的去处，它们才会撒欢乱跑一会儿。

时间一长便发现，这里的狗不但数量多，而且“待遇”也高，大的超市往往一进门首先就是狗的食品和用具，它们用漂亮的罐头或玻璃瓶子装着，花花绿绿，品种繁多，堂而皇之地和人吃用的东西并排比肩。用我在海德堡的同乡的话来说，德国人对狗比对人还亲呢——这话听起来难听，但一点也不夸张，他们的“狗权”的确是不可侵犯的，这和我们的文化传统大不一样，便是“落水狗”，能打也要打之，该打不打，是为庸人之道、妇人之仁，鲁迅早已经专门论过了。德国的友人曾经问我，中国人为什么会“虐待”狗，甚或“以狗喻人”、“指狗骂人”？我即解释说，在中国，狗属于奴才一类，充其量只能算是人的“狗”，“某某家的一条狗”，看得门，防得贼，但还是算不得“朋友”。我们只是在骂人的时候，才会把狗看成那类人的“朋友”。友人听了直摇头，那意思是懂了但仍感到奇怪。在这个问题上，大约可以见出东西方文化的一个鸿沟，因为似乎已不能用什么“阶级属性”一类概念就可以解释，即便是穷人也是要养狗的——要不然怎么会有“狗不嫌家贫”一说？只是我们的人性中同时充满了两种向度，一种是与“狗性”的亲和力，它们是我们的前辈知识分子所奋力抨击过的奴性的代称，另一种便是我们同时对奴性的憎恶，事物总是两面的；而西方人，或许正是因为他们的奴性更少一些，所以也便缺少对这“狗性”的本质的认识，也没有我们说到狗时的那种特别复杂敏感的矛盾心理。其实何止是对狗的认识，在对辩证法的精髓的理解方面，再了不起的西方哲人，恐怕也要做中国人的小学生。

看来问题还要变得更复杂化，“狗性”说到底是人性的折射，人驯化了狗，也就把狗变成了人的一个影子——用哲人的话说，这叫“人的力量的对象化”，或者“主体生命的感性显现”。狗性是按照人性的需要和蓝本来塑造的，这一点也不是夸张，其实人身上不止有狗性，更有“猪性”——懒惰、贪吃、肮脏，譬如猪八戒；更有“猴性”——蛮气、躁动、不安分，譬如孙悟空；还有“牛马之性”——隐忍、愚昧、逆来顺受，世世代代的底层社会不都是这样的芸芸之众吗？在这一切之“性”中，显然是狗性最生动地表明了人性的某种状况，某种弱点，人是怎么行事的，狗便怎么来模仿；人是怎么对待狗的，狗也就差不多会怎么对待人。当然另外的情况是，主人越是虐待狗，他的狗也就越可怜巴巴地愚忠于他，这是人之所以歧视狗，又离不开狗的一个原因。不过，这也没什么奇怪的，人性里头也有这一条，你对他好，他有时会反过来咬你一口，这时人们便以“疯狗”呼之，其实真正疯狗咬人的机会是少的；那么如果你是一直虐待他的，他也会成为习惯，反倒对你百依百顺，所谓“狗一样贱”是矣。

说来说去，这简直成了“狗的哲学”。由狗及人，其中的话题可谓无穷无尽，这当然也是易于伤人和招嫌的话题，不说了。其实狗终究是狗，它比其他动物更能够通些“人情”，这是人通常喜欢它们的主要理由。其实在更多的时候狗可能比人还要好些，受用些，因为它至少不会与主人虚情假意，钩心斗角，甚至欺主犯上，所以人就需要狗，而且越是孤独的人就越是需要。西方人虽然物质上比较富有，但相互之间的淡漠所导致的心灵孤独却很普遍，这是他们普遍养狗，且把狗比作“朋友”的一个最重要的原因。至于我们这里，一方面是人多粮贵，人不过才温饱，哪有那么多富余来养狗；再说我们的人与人之间的关系本来就要“紧密”得多，虽说那其中有互相的关心，也有阴险的算计和钩心斗角，但都可以说其乐融融，有无穷的趣味，何劳再用狗来添乱？

德国的狗给我的总体印象是有“教养”，揣摩良久，我想这一方面是因为它们的主人的影响，德国人那么温和而彬彬有礼，“身教”总是重于“言教”，狗自然会懂些礼貌，另外更重要的是因为它们平时吃得饱，所以性情便没有养成那么刁蛮凶悍，随主人出行好比吃饱了散步，自然温顺悠闲得多，不似那饿狗扑食，一副穷凶极恶之相——其实何止是狗，便是虎狼猛兽，如果吃得饱了，它们也会变得温和驯顺些。看它们随着主人昂首阔步，或殷勤左右的样子，再远道而来的陌生人也不用害怕，即便是它们的社会制度还有问题，倒也不似那万恶的旧社会，不必担心富人家的狗会朝我们猛扑过来。因为资产阶级纵有千般罪恶，只这一点比地主阶级好些，他们几百年来的绅士气度大概也已改造了“狗性”，除了偶尔因为吃得过饱憋不住会随地拉些粪便，连它们高声狗吠都难得听到，虽然有些“异化”，但到底也得算是一种进步吧。

诗意之安居

世界上有些“知识”似乎是很模糊的东西，除非被“经验”验证过，才会显得确凿可信。比如原来我不知道“选帝侯”是个什么概念，后来才明白，这“德意志帝国”的皇帝居然是“选”出来的，这是从罗马帝国和后来的“神圣罗马帝国”传下来的“传统”。过去学世界历史的时候，应该有所听闻，但却没有理解，甚至已没有印象。因为皇帝在世界各国、在我们的祖先那里，当然无须选举，而是家族世袭的产物。但在这里却要在一定范围内进行选举——当然是在极少数的上层贵族里，可这也与血缘世袭制有着本质的不同。毕竟选举对最高的权力拥有者来说，都是一个制约，它和“普天之下，莫非王土；率土之滨，莫非王臣”的君权神授、君临天下、一个人说了算，就是有一些不一样。哪怕是在很小的范围内，“民主”也是个好东西啊。

这应该得益于希腊的文化传承，民主的范围虽然变得更小，但有还是胜于无，在几千年的历史变迁中，古代的民主传统一脉相系，脆弱但未消亡，这是人类的幸事。自然有“民主”未必就一定避免灾祸，当年希特勒也是通过“选举”上台的，但随后他却利用了他们帝国的“传统”，把自己封为“元首”，这很像他们古代选出的皇帝，所以他称自己的政权为“第三

巴伐利亚境内的新天鹅堡，其神奇壮丽令人瞠目

巴伐利亚境内阿尔卑斯山区的民居，与大自然交相辉映

帝国”，得以用民主的幌子，实行法西斯的统治，并由此导演了人类有史以来最惨痛的灾难。可见，什么传统和制度也无法一劳永逸地将人类带向光明幸福之路。

在海德堡大学讲学的北京大学教授陈平原先生，他的一句话很具启发，他说，先前人家德国才是真正的“封建制”，在德国才能看到这个“分封制”的传统。这话不虚，原来这个“封建制”也不是仅一个贬义词、一个概念化的说法就可以涵盖的。封建制也并非一无是处，至少在德国——现在的德国，之所以有这样好的传统文化的遗存，有差不多两百个以上的历史文化名城，跟这个“封建制”恐有着密不可分的关系。分封导致了德国普遍的市镇化，历史上每一个城市（采邑）都接近于一个小小王国的规模，而这正好与古希腊城邦制的情形非常接近。这样，虽说中世纪的“什一税”是苛刻严酷的，但通过教会、地方君主政权，却积累下了丰富的文化遗产，留下了这么多的王宫、教堂、古堡、博物馆和古老的大学，使今天的德国人有了享用不尽的财富。

这大约也是个悖论。历史上中国也有相似的情形，中央集权相对强大的时候，文化则比较沉闷；而在前者比较薄弱、地方诸侯势力相对强劲——也即“封建制”的时期——比如魏晋六朝时期，中国的文化却出现了生机，各种学说实现了自由争鸣。可惜中国的文化传统除了以文字为载体之外，真正的“固态文化”留传却是不多。这与“政统”有关系，因为不断的分裂和再度的“大一统”过程，将那些标志“地方文化权威”的东西差不多都毁弃了，而再度分裂的时候，诸侯或者改朝换代的统治者，又惯于把象征“中央集权”的那些东西付之一炬，所谓“楚人一炬，化为焦土”。能够历经劫难而后存的东西，就剩不下多少了。社会财富的不断轮番毁灭，大大地伤了中国社会的元气，人们开始“潦草”起来，对待生活起居变得越来越不认真，胡乱将就。从明以后，中国人的生活方式实际是越来越简陋了。看看我们今天的居住方式就知道，我们几乎还是在将就，虽然每家都有了一处住房，但论“财富水平”，却还几乎是零，没有什么具有留存价值的东西。

我常常在不同的角度，仰望或是俯视那些房屋，闲步在那些高插天空的古老城堡的略显颓败的墙下。那时我才强烈地感到，那绝不仅仅是一些房屋，而是一种为哲人所说的真正的“安居”，一种包含了信仰、情怀和宗教依存感的居住。

树木和山石是和谐的，山与房屋是和谐的，和谐的构图，和谐的颜色。它们构成了一个世界，沉着，安详，静谧，使人安静下来。每一次登上海德堡的圣灵山，我都强烈地产生着这种感觉。那是完全和谐的一种居住，

山居秋暝

就像那幅16世纪的俯瞰图所明示的，几百年来人对于自然没有构成一点破坏，相反，那山上的树木倒更加葳蕤茂密。那些10世纪以来各种各样的建筑，历经岁月甚至硝烟，仍然显得坚实和精巧，相安无事地错落排列在狭窄的街道上。一部分已经化作了废墟的古堡，依旧挺立着，它的倾颓的部分不但没有使它显得破败，反而见证出“历史”沧桑本身，映照出时间的印痕。

建筑映衬出了自然的壮美和生命力。也可以说，它们使得人类证明了自己——他们使自然成为“文化的自然”。这样的居住显示了人与自然顽强的统一性，也彰显了它无处不在的神性。用海德格尔的话说，世界就这样“世界化”了。

海德格尔曾经以一座希腊的神殿为例，来说明艺术与诗意是如何存在的：它不是一座一般的建筑，它是包含了人们对自然和宇宙的理解的建筑，在这样的建筑中，神有了居所，而人便不再孤独地居住于大地之上，神与人是同在，大地因此而显现了神性。也唯其人们有这样的信仰，他们的建筑才如此认真。这使我相信，古典建筑的价值永远超出了现代建筑中的任何一座。当人们把建造一座房屋看成是一种“投资”的时候，他就离神性越来越远了，现代建筑看起来实用甚至奢华，但却没有任何文化含量，它们显示的只是欲望、投机取巧的心理，但却索然无味，毫无诗意可言。

中国人曾是相信天人合一的民族，我们的祖先在很多年里和大自然是和谐相处的，道家的清净与无为的思想，大概也可以理解为是一种“绿色和平”思想，可以算得上古代的“绿党”了。它最大限度地节制了人的欲望，人对自然的破坏力，使得人对自然的改造的努力，显得是那么愚不可及。因为在他们看来，任何对自然法则的改变都是一种蝼蚁式的不自量力。人最终最需要做的，就是顺应天地之间的大道，因为这样才会使人类的一切行为具有意义。而顺应了大自然，人自身也就获得了有限的自由，所谓“浮游乎万物之上，物物而不物于物”。人才能成为物的主人。相反，如果贪欲无限，也便成了物的奴隶。

不唯道家的思想，就是一般中国人的世俗观念，也包含了某种诗意的东西。就说中国人的建筑和居住方式，古代的建筑，无论是庙宇、帝王宫殿，还是一般的民居，实际都是极有文化含量的，它们包含了中国人对宇宙自然的理解方式，体现了人的价值与信仰，所有这些建筑都体现了人与自然的亲和力。它们在山川树木的掩映下，朴素而富有诗意地矗立着。只是如前所说的战乱和制度的原因，中国人渐渐贫困和粗陋起来，渐渐盖不起好一些的房子了，因为土木建筑的特点本身，就是要消耗大量的木材，“蜀山兀，阿房出”，树木砍伐过度，房子也只好由极尽华美，而越建越差了。

但中国人本不是像近代以来这样“穷”的，至少在明代以前还不是，在唐宋时代，中国人恐怕是世界上最富庶的民族了。因为在古典小说的描写中可以看出，即便是卖炊饼的穷人武大郎和他的无业在家的娘子潘金莲，也在清河县的街道上有一栋不大不小的二层楼房，这在现今也几乎是难以想象的。人穷志短，没有办法，再加上人口的急剧增长，也没有那么多的空间和地皮供他们盖出花样了。所以，中国人的栖居，渐渐地失了诗意。

不过话又说回来了，中国人还是因为过分的“现世主义”化了，只管一代的事，建筑常常敷衍了事，这样的情况原来就有，而现在则比任何时候都更加厉害。

友人指着河边的那些房子说，瞧瞧，每一座都不一样，每一座房子上都刻着设计人的名字，这是艺术品啊……我原来还没注意，现在明白了，只有艺术品才会追求“唯一”，而不是整齐划一。在我们那里却是要统一规格，按照一个模子来复制，多么不一样的思路。乡村已经面目全非了，现在又轮到了城市……

我无言以对，与友人分了手，一个人坐在河边，发呆了许久。我感到奇怪：为什么一谈到纸上的文化，我就那么为自己的国家骄傲，而一旦从纸上挪到现实里，就变得那么不自信？

冬日闲情

每个周末的下午照例是最无聊的时候，周末情绪的作怪，心情变得难以捉摸。似乎是很闲散，又似乎是很无聊。没有朋友来访，也没有朋友聚会可去的时候，这种无聊便变得难以抗拒，便是自我批判也没有用，那心境里很难执拗的一股颓败，如涟漪，一圈圈地扩散开来。

那时感到整个的人像是在漂，在水上，漫无目的，不知要流向何方。感觉变得很不真实起来。心想，这便是那个“闲”字在作怪了，人其实最经不住的，不是所谓劳碌，而是这个“闲”字。所谓生命不能承受之轻，西方人也有同样的经验，可见人性的本质是贱的，人生能有多少时候是真正了无牵挂、没有负担的？生命真正是“轻”的时候能有多少？可一轻一闲，便百病皆出了，正所谓闲愁万种，是中国人骨头里的老毛病。

忽然想到那个“闲”字是蹊跷的：原来是“门”中间夹一个“木”字，一个人独倚门框呆若木鸡的样子，人呆在门中变成了木头，可见这闲不是好受的。而此时我正倚门而立，正闲成了一根木头。呆望着空荡荡的天边，想了一会儿故人的样子，直到一切重又变得模糊起来。摸摸门框，人整个儿还是一根木头。

半天我终于想起，这木鸡之困还终有一解，出门便是了，出了门人就有了活气，木头就回到了人。于是便毫无目的地踱步出去。去哪里呢？本能的指示是向河边走，这也符合常理：木头到河上才能漂得起来。那时我知道人对河流、对水的向往是本能的，最初是水把人的想象带向远方，人看到水流才知道世界上有着广大而未知的地方，它从一个未知的方向来，又朝着另一个未知的方向去，所谓遐想和人的漂泊感、归宿感云云，就这样产生了，人也不再是呆木一根。顺着哗哗作响的河水，看着翻腾的水面，我向着和城市相反方向的下游走去。这符合逻辑，有事情做的时候总是往上游老城的方向走，现在没事了，便选择了下游和更远的郊外，任随漂流一回。

还是想着远在故地的家人和朋友们，这念头固执得很，烦人得很。想着若是在家，这时候也许正接到了某个聚会的电话，也许是应了孩子的一个吃洋快餐的要求，甚至是遇上了外地来访的一位诗人，或者是骑车去为了某件俗不可耐的事情奔波……即便是奔波那也是愉快的，至少是不必为选择方向而踌躇。我在想，人生原本也是这样充满了细节处的偶然，选择往哪儿，不过是一念间的事。眼前这一切遥远和陌生亦不知是怎么来的，犹如梦里的情景一样。

剪不断，理还乱，是离愁。我知道，我清楚，但我更想糊涂。便努力克制着，我要试着看自己能够走多远。

穿过那片熟悉的开阔的三角地，便离着河水近了。这片地方和靠近城区的河段不一样，见不到水鸟。说也怪，在国内便是偶尔有一两只水鸟从城市经过，也总是躲着人走的，要么说惊弓之鸟呢，而在这里，却偏是爱凑热闹的，人越多的地方天鹅和大雁越是盘桓聚集，这边僻静荒凉，倒看不见它们的影子。河面上静悄悄的，显得有些寥落。不过也有动静，在河

作者寓所旁通往城区的林间小道

岸的草丛里簌簌地钻行的，大约是老鼠一族，在这个爱动物爱到良莠不分的程度的国家里，老鼠也沾了光，荒凉的河边成了它们的乐园。

再往前是一块供人们集中遛狗的草地，最初从这里走时，心里时常有些发毛，因为生怕那些生猛的家伙会冲你扑来，但时间久了，遂知道它们不会随意攻击人，道理其实也很简单，人从来就没有虐待过它们，缘何它会反过来袭击人呢。狗性终归是人性的折射——黑格尔说过，美是人的主体精神的“对象化”，是人以自身为“蓝本”的投射和创造出来的。反过来，恶和丑的东西也同样如此，狗性不过也是人性派生出来的。在我们那里的人狗“过结”和恩怨冲突，其实大都是由人引发，人随意打狗，便是“落水”的也不宽恕，狗对人积了一肚子的怨气，当然会伺机报复——不敢对主人，还不敢对奴才？不敢对自家人，还不敢对外人？狗之被骂，被虐待，可见多属冤枉。

我看见大大小小的各种不同“种姓”的狗，在这里撒着欢，发着“压抑”已久之后恣意的吠声——平时它们是不叫的，周末也解放一回。它们的主人三三两两地漫步在河边，自得地看着它们快乐的样子，就像看着自己的孩子一样充满幸福。

过了草地，下游的河岸边变得荒凉起来，小路旁满是灌木和枯草。在这个发达的国家，人们却总是尽量让他们的自然保持着原始的风貌。能改造的当然改造了，眼前巨大的船闸就是人工的产物，它使得这条本来并不十分宽大的莱茵河支流，也成了繁忙的水运通道，可在河边却刻意地保持了它的原生态。灌木上结满了各种不知名的浆果，有的看上去像桑葚，有的则像樱桃，差不多都已经变成了深紫色，我伸手摘下几颗，小心地放进嘴里咂着，是一种淡淡的有点怪的甜味。心想，这在国内，无论如何是不会这样叫其自生自落的，早就被开发，或派上什么补养身体的用场了。

穿过了一片小灌木丛，忽地看见一片稀奇古怪的东西——在一片被修剪出来的草坪上，竖起了十来个由废金属、塑料扎制成的玩意儿。仔细看时，知道是一些“现代艺术”装置，有的像被分解了的人体，有的像一辆倒置的破自行车，更多的是莫名其妙，说不出是什么形状。类似的东西我在巴黎的蓬皮杜艺术中心曾见得多了，并不感到有什么惊奇。比起那些家伙来，这未免有点小儿玩具的味道了，因为缺乏必要的语境，在自然的环境下，它们大概显得过于“随便”了一些，题意更含糊空洞。“东西”上面用油漆潦草地写着的，大概是作品或作者的名字。有的已经在风剥雨淋中东倒西歪，近乎散架了。

但这些东西也挺添游兴的，尤其是这样的真正漫不经心、漫无目的的闲情散步。我倒来了几分精神，抖擞步子向着小路的深处走去。渐渐地草深林密起来，寒风萧瑟，不免叫人有些心中发虚的苍凉。好在河上不时会驶来一条庞大的驳船，弄得水翻浪涌，搅乱了这自然的幽深与僻静，不然，我真的有点止步的意思了。那时我意识到，原始的自然虽好，但人还是习惯了把地球弄得热热闹闹。正思忖间，猛地听到一声骇人的低吼，分明是狮虎一般的猛兽之声，我几乎冷汗都下来了，往右边看时，果有五六只土黄色的庞然大物，正懒洋洋地挨在一起游戏，是狮子——当然是关在铁制的笼子里，原来说的海德堡动物园就在这里啊，再往里看时，许多的豹子、熊、非洲的动物，还有一大群颜色鲜艳的火烈鸟，在溪水边嬉戏着，倒不见一丝寒意。我看了一会，再准备向前走的时候，脚下碰却了一堆意想不到的东西。

是一大簇蘑菇。它在一个干枯的树墩上，层层叠叠的，足有两三斤重。细看时，和寻常在中国的集市上看到的那种凤尾菇几乎完全一样，只是因为水分少而颜色微微有点趋黄，没有想到在这冬季里居然还有这种东西。我小心地采下了一半，留了另一半。放在鼻子下闻闻，是熟悉的那种味道，便拿在手中，心想这下可以做一餐家乡味的蘑菇汤了，这是今天的一点意外的收获。绕过了动物园的篱笆，到了真正的“郊外”，但周围却反而不再荒凉，是一大片用来学汽车或修理汽车的场地，还有一座不太正规的运动场，传来阵阵呼喊声。近前看，知道是正举行足球赛呢。海德堡的足球水平不高，连个乙级队也没有，但还是有球赛，而且还有这么多人看。可能巴符州整个的足球水平都不怎么高，两个德甲队，斯图加特和弗莱堡，都是排名中下游的队。

人气一旺，心情也便高涨了许多，我踏着夕阳的余晖，绕过动物园的另一侧，走上回家的路。几只狗熊不知为什么被单放在动物园的大门外的一个围栏里，它们身背锁链，但食槽上却挂着大块的肉排，懒洋洋地，自得地，它们晃着庞大的身躯，散漫地游荡着步子，有一搭没一搭地瞥一眼稀落的游人，互相做着蹭背的游戏。显得比观赏者还要惬意和快活。我定定看了一会儿，不觉生出一点“比较”的念头——人和动物，说到底，差别是很有限的，人之闲情看起来是显得复杂了一些，可究其实质，似乎又是简单得很。一根锁链显得很重要，有了它，生存便获得了目的、秩序和意义。只不过对人来说，它需要稍稍显得“抽象”一些，有时要紧一些，把意义凸显出来，有时又要松或者虚一些，以给点舒散闲情逸致的时间罢了。但稍微松过了点，这人就又有点不知所措了。真是奇怪。反过来说，动物就简单多了，对这些熊来说，只消把它们合而为一，即可。

安详的欧罗巴

这阵子每天一打开电视，便是大洋那边美国的热闹。总统选举正白热化地进行，有关佛罗里达州选票的情况，以及其他地方的海外选民投票的统计数字，正被 CNN 和欧洲其他电视媒体炒作得扣人心弦。选票在交替增长，局势在交替变化，最终花落谁家，布什，还是戈尔？看来肤色深的要占便宜，据说因为戈尔人长得太帅，虽然会赢得一些妇女的选票，但大多数男人却不喜欢他，而喜欢更具幽默感——也更“傻”些的布什，这也算是一种“身体政治学”吧？两个政治对手接近到如此程度，恐怕在美国的历史上是不多见的。而且仅仅在现任总统克林顿之前，主掌美国政治的，正是布什的爸爸，老乔治·布什，如果此次小布什获胜，父子如此近地连续执政，这在美国历史上大概也是绝无仅有的奇观。美国人一定会感到刺激，因为这不合常理，但却是民主的结果，所谓举贤不避亲。镜头中连篇累牍地出现的，除了两位候选人，还有他们各自的支持者，联邦法院和政界的其他人士对选举情况的喋喋不休的分析，给人的感觉，仿佛大洋那边正举国集会，狂欢节一样。

这是美国，热闹的、强大的、不可一世和非常政治的美国。而大洋的这一边，则是深沉的黑夜。欧罗巴，太平静，也太安详了。都说美国的民主是如何如何地完全和彻底，可就此次选举来看，却有似于孩童的游戏。严重的政治角逐，究其实却是取决于某些十分细微和微妙的因素而已。和欧洲的老成严谨相比，美国人太不“深沉”了。

我把电视频道换来换去，换成一家德国的当地台，上面播放的是一档很莫名其妙的娱乐节目。一个打扮看起来就像日耳曼神话里的妖婆一样的主持人，一个中年妇女，长着一张长长的马脸，套着一具夸张的金色假发，样子老迈却又浓妆艳抹，就差臀下夹把扫帚了。她大概是在教导人们如何使性爱更具有刺激和乐趣，旁边还有一对裸体的年轻男女，身子贴得很近，用类似“舞蹈”的动作，在虚拟着各种体位和姿势，但编导显然故意给他们打了很暗的光，以免有过分强烈的视觉刺激感；台下面是一些也可以视为“天真”、也可以是视为“傻帽儿”的观众，在津津有味地看着，还不时装模作样拍手鼓掌。这在中国人看来差不多就是诲淫诲盗了，可那些观众却一本正经地看着，有的还不时地举手发言，大概是谈自己的切身体会。

这该是欧洲的衰弱的标志了——我忽然生出这样的感想。这竟是现代历史和文明发轫发祥之地的欧洲吗，是创造了哲学、歌剧、芭蕾，诞生了启蒙主义、现代民主政治和伟大艺术的欧洲吗？尽管我知道这之间也许一点关系也没有，纯粹是一种夜晚的幻觉和联想，但幻觉似乎有时候更固执己见，黑夜的思绪会把人带向极端。和美国那边的朝气蓬勃相比，真可谓两重世界。

看着无聊，我又换了个频道，是德国政界的报导，和美国的政治不一样，这边的总理施罗德大概是在国会作施政报告，但他的语气非常低调，好像“没吃饱”似的，底气不足。后来的发言者不知道是解释还质询，也沉闷得很，彼此不像是在搞辩论，倒像是在互施催眠术。

我问久住德国的友人，他的回答使我深思，他说，这是施政演说所必需的，不能使用特别高调和具有侵犯性的语气。我说为什么，他说，大概是因为过去的历史记忆太深的缘故吧。

不断有国内的朋友在电话中关切德国的社会状况，从媒体上得知了德国的排外事件，就问我这里是否安全，我也在网上的消息中看到过类似的报道，但要说切身感受到的，却实在是一派祥和，没动没静的。我从海德堡和其他城市的大街上走过，从未看到过一点点不宁的景象，没有见过争吵，没有听到过大声说话，甚至来了快两个月了，连个警察都未曾看见。这世界简直像一直在沉睡，除了车子行驶发出的一点噪音，医院和德国癌症研究中心（DKFZ）不时出动的直升机引擎刺耳的轰鸣声，唯一的动静便是周末礼拜的钟声了。

而我知道此刻在我的国家，却是机器轰鸣着，巨大的烟囱和脚手架正像速生的树林一样，向天空伸展着枝杈，我想象得出那里的情景，人声鼎沸，摩肩接踵，挖掘机把巨大的手臂伸进地层，河水载着滚滚的泥沙和污染物流向大海，寻找工作的农民成群结队地涌向城市，GDP 像夏天里拔节的玉米、高粱一样向上疯长。

这就是欧洲的衰微，西方的没落吗？经济有气无力，工作职位寥若晨星，税率高得出奇，少有高楼大厦，满眼里只见绿色的丛林和未“开发”的荒地……

我没有答案。

施宾格勒的旧居，静静地坐落在海德堡老城狭窄的小街上。

在涅卡河对岸圣灵山上的哲人小路旁，有一块老旧的玻璃橱窗，里面镶嵌着一幅 16 世纪的海德堡实景地图。说是地图，实际是一张图画，完整地囊括了整座城市的全景。我对着这张地图看了许久，发现今天的海德堡和将近四百年前的海德堡相比，几乎没有多少变化，不但主要的建筑都可以一一对号，而且整体的城市格局也几乎一模一样。这使我感到奇怪，不可思议，也就是说，在四百年的时间里，海德堡竟然没有多少“发展”。的确，在离老城区约有两公里的北面和更远的地方，是有了一些新的建筑，也有“高新技术区”，城市确实已非昔日可比，但老城则完全保持了原来的风貌。如果说有变化的话，唯一的变化是山上的林木比之先前更加丰茂和蓊郁了许多，原来山顶是有点秃兀的——像个谢了顶的中年人，而现在，则是一片片一丛丛的枞树林——更像是一个风华正茂的青年或者风姿绰约的少妇。

给天鹅和野鸭投食，这种情景随时随处可见

我问德国的朋友：你们为什么不喜欢高楼大厦？总是得不到他们的正面回答。肩一耸：为什么要喜欢高楼大厦？难道那个好住吗？你们中国现在每个城市都在建高楼——结果所有的城市最后都变成了一个城市。哦，老天！

我说：你不明白，用我们中国人的话来说，你这叫“站着说话不腰痛”。这叫发展，我们比不得你们，我们首先要发展，你们才肯投资呀！不建高楼，没有高级宾馆，你们去了住哪里？总不能住到四合院或者破庙里吧？那些地方只能看看而已，叫你住上三天，包你烦个透。

竟哑了。人家不吱声，我反倒过意不去，颇有些自惭了。

我想起了几个月前离开北京时的情景，飞机从首都机场起飞，仅过了五分钟我就看见了沙漠，遂知道媒体上报道的“北京离沙漠零公里”的话不是夸张。飞越了北郊深秋寥落的群山，一片无边无际的骇人的赭黄色，就一直逶迤在淡淡的云层下面。我的心简直就像悬在空中的机翼，禁不住瑟瑟颤抖。这就是首都的后院啊，无尽的黄土，荒漠上一道道干涸的辙印，零乱地伸向远方，仿佛黄皮肤上的一道道伤疤。我知道那是只能用水和绿色的植被才能医治的伤疤。这些年我们中国人又熟悉了一个叫做“沙尘暴”的新词儿，竟还有媒体这样报道说，近来通过防沙治沙，环境有显著改善，沙尘天气比以往大大减少了，真是睁眼说瞎话，谁不记得童年时的山清水秀，绿地蓝天？正是这些年我们对自然的肆意攫取，才造成了如此多的生态灾难。

有多少“发展”，就会付出多少无法挽回的代价，这也是地球和物质的“守恒定律”吧。

有人说这也没什么，先发展后治理是通例和规律。可是如果本来就十分脆弱的环境遭到了毁灭性的破坏，又如何恢复？需要消耗多大的资源和财富才能恢复？别人说，曾几何时这莱茵河、涅卡河也是黑水滚滚，如今

1946年，卡尔·雅斯贝斯在海德堡大学课堂上讲授哲学

海德堡涅卡河边的小路，红叶满地，远处为荷尔德林吟哦漫步的圣灵山，从这条路可以一直通向山上的哲人小路

夜色降临海德堡，河上一片静谧

不是很好吗？确实，从前的污染我没有见，但知道今天的德国人还是不吃这河里的淡水鱼，当然人家的命是值钱，但这不也从另一个方面说明了治理污染的艰难吗？如今这河水可以说是清澈见底的，但其中的鱼虾却还是不能吃，那我们为什么还不引起足够的警惕？在我们自己的国家举目四处看到的，都是千疮百孔，在干旱的北方，要找一座没有破坏的山体、一条没有污染的河流，恐怕比前人寻找一座金矿还难。小时密布的河流、湖泊和水塘，如今早已寥若晨星，成为难觅的记忆了。

昏昏沉沉的，不觉窗外的雨声又响起来了，仿佛一个人回到了久远的唐朝，芳草萋萋，世界无边无际，天地间只有雨打着芭蕉和耳膜的寂寥。衰老的李隆基枯坐在宫墙下，无所事事地呆望着弥漫着雾岚的山野，那时的丛林还是那样的莽莽苍苍。美国那边欢呼起来了，我的遥控器掉到了地上，大概是又一个谜底揭晓了，但我已经困乏得实在睁不开眼。我想着，这时我的祖国那边已经阳光灿烂，新的一天又开始了，多少新的希望正和早晨的太阳一样升起着，而此刻的我，却要和安详静谧又沉闷忧郁的欧洲一起，沉入梦乡了。

没有故乡的人

亨德尔夫人是我的德国同事安德丽娅的母亲。圣诞节这天，安德丽娅请我到她家吃饭，我见到了这位70多岁的老太太。她此时正在厨房里忙活着，头发银白，背有点驼了，但手脚却很利索。我从安德丽娅那里知道，老太太一个人生活在慕尼黑，有三个女儿，其中大女儿莫妮卡在慕尼黑附近，小女儿克劳迪娅在哥廷根，安德丽娅是老二，在海德堡。三个女儿各有几个孩子，加起来有十个之多。女儿们各有自己的事业，工作很忙，常常需要她分身帮助照顾一下，老太太当然爱她的孩子们，常常是有求必应。但她也常常因此牺牲了个人的生活而不情愿。上次安德丽娅外出参加学术会议，请她从慕尼黑来帮忙照管孩子，她就拒绝了，因为她已经准备去阿尔卑斯山滑雪，所以就没有来。这次安德丽娅又有事求她，她还是来了。不过她也一直在抱怨："我有十个外甥，怎么照顾得过来。我已经够了——养了你们还不够？"

说归说，忙还得帮。老太太这么大岁数还帮女儿们做事，在中国也很令人感动了。特别让我惊讶的是她这个年纪，居然还敢去高山滑雪，可见西方人的生活观念与东方人是很不一样。在中国，这个年纪的老太太不要说开车出远路去滑雪，就是出门上街买菜也叫儿女提心吊胆，她却把这看成她生活很重要的一部分。所以见面时我先就对她说，“听说您现在还滑雪，真是了不起的老太太”。她居然说，“这算什么！我不只自己滑雪，我还要当教练呢！”“不过，”她幽了我一默，说，“好比是一只老母鸡，教鸭子们游泳——我自己还不怎么会，还在那里告诉别人，应该这样，应该那样，如此这般……”我不禁笑起来。她又说，“你还笑？我真的把那些年轻人都教会啦！”

亨德尔夫人在家中

与女儿安德丽娅合影

老太太真快活，让人觉得她那么可爱。饭菜做得也很不错，特别有传统风味。吃饭的时候她不断帮我添酒添菜，还一直通过她女儿的翻译同我聊天，怕我吃不饱，老问女儿，“他吃得习惯吗？”“觉得味道和他在家里的差别大不大？”等等，让我很感动。老太太很慈祥，吃完饭时，她用小勺倒了一些药水，又加了一些糖，倒在女儿安德丽娅的嘴里——她正患伤风感冒，有些咳嗽。这一幕让我想到，天下的慈母都是一样的，安德丽娅算是很幸福了，再大的孩子也是孩子，有母亲多好啊！

饭后喝咖啡的时候，老太太突然一本正经地问我：“听说你们中国人吃狗肉，是真的吗？”我如实说是，她不高兴，说，“怎么可以这样！”我告诉她说，德国人是把狗看成“朋友”的，是 friends，而中国人是把狗当做

“走狗”的，是 running dogs，所以当然会不一样对待。再说狗肉是很好吃的，中国人还认为是“大补”呢。她听了直摇头，看她不高兴，我就引开话茬，问她在战争时期的经历，没想到这打开了她的话匣子，她讲了很多，关于亲朋们在战争中的遭遇，在战争中的饥饿和恐惧，等等。许多舍不得离开家的人都死了，被炸死，或被纳粹当作投敌者杀死，或被苏军当做纳粹嫌犯杀死。给我印象最深的是她自己的一次遇险经历，那时她没有逃亡，而是在一个战地医院找了一份护士的工作，有一天，一群波兰军人打了过来，抓住她和另外一个姑娘，要求她们为他们提供性服务，幸好房子里有一个很秘密的后门通向地下室，她们趁那些士兵不注意就跑了出去。而波兰士兵们就另外抓了两个姑娘，其中一个是她的好朋友。她一整夜都听到她们在隔墙的那座房子里的哭喊声。“我就算是很幸运的，”她说，“这就是战争和仇恨的结果，德国人曾那样对待别人，现在轮到别人来惩罚我们了。”

我们大家为此欷歔了一番。老太太拿出了一张老旧的地图，颇感伤地对我说，她在思念自己的故乡，而她的后代，女儿们把故乡都忘记了。我看到她的故乡是在尼斯河和奥德河以东，今波兰境内。“这里，我已经永远失去了。”她叹息着，翻出一张珍藏的故乡风景的照片给我看。安德丽娅告诉我，那些东西她走到哪里都带着，为了这个她们母女经常争得不欢而散，母亲要她们认同这个故乡，而在慕尼黑长大的她则说，“我只知道我的故乡是巴伐利亚，对那个先前的地方一点印象都没有，你让我怎么爱得起来？”看了地图我才知道，战前在奥德河以东有德国的三个州，那是原先东普鲁士的一部分，后来二战结束时，苏联割了波兰的土地，又割了德国的土地补偿波兰，就有了现在的格局。

我们大家都沉默了，我也只有叹息。这就是战争，战争使她变成了没

亨德尔夫人珍藏的一份老地图，那上面她的故乡东普鲁士现已在波兰境内

有故乡的人。欧洲的地图本来就是这样变来变去的，该怨谁呢？人老了，追念的自然是过去，美好童年的一切。而安德丽娅则认为，德国人干了那么多不该干的坏事，当然会受惩罚，这还有什么可说的。在她们母女身上，我看到了一个民族的昨天和今天，看到了那隐在历史和心灵深处的创痛。

老太太的个人生活经历也充满了坎坷，她30多岁时丈夫就离开了她，她一个人带大了三个女儿。要知道，50年代的德国可不是现在这样，那时饥饿和贫穷、废墟上艰苦的劳作是她们的日常生活。这一代人所受的苦难别人已很难想象，那些记忆恐怕只能由她们自己在人生的晚年慢慢回想和咀嚼了。

多么慈祥的一个老人啊，端详她时我发现，她年轻时应该是个美女，金色的头发，一张经典的好莱坞式的——或者也是近似波兰或者东欧人式的脸型，非常雍容的气质，还有令人愉悦的幽默感。我忽然产生了一种想写一写她的冲动，于是便说，“我可以给你们母女留个影吗?”“而且，我可以为你写点什么吗?”她听了非常高兴，说，“当然，你写吧，我要等着看呢”。后来老太太干脆讲起了简单的英语，我和她磕磕绊绊地用英语交流了一阵子，不懂的地方就叫她的女儿做翻译，这样我们逐渐地熟悉起来，谈话也越来越轻松了。老人其实对东方人并不陌生，她的二女儿就曾经和一个越南人结婚，还给她生了一个混血的外孙呢。

临别时我请老太太有机会到中国来旅行，她兴奋起来，说，“那我要认真考虑一下，也许真的会来”。我说那时我会尽地主之谊，陪她看看古老的齐鲁文化，山东的风光。她有些茫然，不晓得“山东”是个什么概念。我说，“孔夫子，山东是孔夫子的家乡”。她恍然大悟，“啊，那要去，一定要去，那是真正正宗的中国文化”。

暮雨乡愁

一个人在外面呆得久了，方知古人在诗歌里所写的那些思乡的愁绪，并非尽是“强说”的装点之辞。平林漠漠烟如织，寒山一带伤心碧。日暮时分，烟波江上的愁思不知不觉地就弥漫开来——海德堡的景色常常让我想起太白的词和崔颢的诗。冬日的白昼格外短促，刚刚还是中午，一转眼就到了黄昏，薄暮乍起，惨淡的云如烟如雾地浮起来，涅卡河边的那些形体巨大的柳树在冷风中瑟缩着它们的枝条，几天前还挂满了深黄的枯叶，而今已如此寥落寒怆，还有那些枝条如乱箭般高插云霄的杨树，在冬日的天空下也显得格外苍凉凄楚。这些特别带着东方色彩的草木，似乎特别能够勾起人思乡的情怀。还有河边的那群大雁，它们忘忧地散乱在草地上，整理着羽毛，在风中发着呱呱的悲鸣，看样子这个冬天它们是不准备离开这里了。眼前的这一切明明是典型的中国式的、在那么多古典诗词里被反复吟咏描画过的意境，而今却原封不动地搬到了遥迢万里的西洋夷域，怎不让人生出人面桃花、物是人非的莫名心绪。

天空中又开始飘起蒙蒙的细雨——更准确地说是那种“像雾像雨又像风”的东西，一切都是湿漉漉的。华灯已然初上，路上的匆匆忙忙归家的车辆也打开了雾灯，景物深沉而斑驳起来，天空愈加阴郁低沉，湿云仿佛

罕见的冬日雨后的彩虹

是贴地而行，而归宿的成千上万的乌鸦，则互相追逐鼓噪着，用大片的蔽空的乌黑翅翼，加深着暮色中苍凉的气息。河岸小路上偶尔有骑自行车赶路的人，冒着雨雾，如惊弓之鸟般疾速前行，散碎的铃声像枯叶在草地上随风飘零。幽暗中独行的我，猛地想起了美国诗人埃兹拉·庞德的那首《在地铁车站》的诗句：

人群中这些面孔幽灵一般显现
湿漉漉的黑色枝条上的许多花瓣

我似乎在霎时间领会了这两句诗的真正含义，明白从前在许多书本和场所中那些牵强附会的解释，完全是隔靴搔痒不着边际。其实那真真正正是一首表达孤独的诗，宛如夜雨中的旅人，迎面的一切虽然斑驳陆离，人

海德堡远郊施瓦辛根皇家花园里冬日绽放的腊梅，睹之恍如梦境

的面孔若隐若现，但相互之间却是完全地阻隔着，虽然近在交臂却又恍如隔世。只不过庞德是在幽深而充满了“地狱”般幻觉的地铁车站里，而我，则是在幽暗的黄昏雨幕中感受这一切，景不同但心却相近。人生的境遇看起来是千差万别的，但实际上却又总是差不多的。庞德将那些灯光中闪烁的面孔比作偶然，但又将“黑色枝条”——那“地狱”中延伸向黑暗的铁轨比作了必然，它安排了无数过客的命运之轨，让他们无法躲避地相遇，在片刻里绽放成好看的花瓣，但这花瓣又脆弱不堪，一如那瞬间的幻觉，很容易凋零。每个人都是过客，他们互相之间各自孤独地错过，毫无例外。

人们总把乡愁简单地理解为对家的依恋，或对故地的追忆，其实这样的理解未免太褊狭具体了，我此刻体会出了那种滋味，并非那么简单。事实上乡愁是一种真正的绝望，一种生命里同来俱在的愁思，乡愁不是空间的，而是时间的，它的方向是遥远的过去；乡愁不是恋物，而是自恋，它所牵挂的不是那片实际上常常显得很抽象的祖居之地，而是悲悼自己的生命、身世与韶光。古往今来那么多思乡的诗篇，细细想来，原不过是对自我的悲怜：昔我往矣，杨柳依依，今我来思，雨雪霏霏。歌者哀叹的是岁月的逝水对自己无情的抛掷。诗哲说，“诗人的天职是还乡”，而“故乡处于大地的中央”——看起来这是一个空间的理念，但细想，这故乡仍不过是指人“长大的地方”，因为那里印下了稚儿的足迹，他的生命中最初和最美的部分抛洒在了那里。生命的家宅，记忆的归宿，稚儿离开了那里，是因为童年那美好的时光已挥手远去，他已踏上被命运抛离的注定远游他乡的不归途。这真真正正是永世的分离，便是“去年今日此门中，人面桃花相映红”的情景，一旦你回来追寻，也早已是“上穷碧落下黄泉，两处茫茫皆不见”的伤心之地。

雨后初晴，夕光里的天鹅

我便想象那位初唐的诗人，在登上幽州古台时的悲叹：前不见古人，后不见来者，念天地之悠悠，独怆然而涕下。原曾觉得他的悲号未免有些夸张，但今想来，那命运对每个生为凡胎的肉身不过就是这样设定，人生代代无穷已，江月年年只相似。任凭你把酒问天，悲呼浩叹，天道怎会屈就人伦，肯给你些许丝毫的通融和怜悯。因了这个宿命，中国的诗人骚客们，自汉以后，便都变成了唯美的感伤主义者，或感伤的唯美主义者。他们是文人，但同时又是诗哲，是厌世又恋世的病人。我想中国的文学中，之所以有一个很特殊很强烈的乡愁的传统，恐与这种“生命本体论”的哲学，和他们悲剧论的人生观念不无关系。他们像戴望舒笔下的那只乐园鸟，带着对往事和故园的永恒相思，顾念前行，划成一道血痕斑斑的生命的彩虹。

一个人在冷雨中独立前行。

便是把你想象成那行列中的来者，你终究也是你自己。来者和去者，在那永恒的天道中相差多少？想到此，剩下的便只是释然。感伤主义并不见得就是只懂得颓伤，如果是导向对生命的深在和洞悉的认识的话，感伤当然也包含了真正的彻悟和坚强。因为一切并未缘此而中辍，生生不息，代代相接，因了那永远的乡愁，他们去作那不歇的远游。因为真正的家乡是没有人能够返回去的，你看见了苍茫的来路，但循着那布满荆棘的路途回去时，看到的无非是一个愁字。就像鲁迅在他的小说里描绘的一样，你看到的是变了的一切，而别人看到的则是变了的你，月光下的故事已然变成了永久的追忆，童年时的伙伴促膝而坐也如不曾相识，这就是故乡——鲁迅小说中的诗。没有人像他那样明白，即便是置身于故地和亲人中间，也仍有一种命定的深深的孤独。更不要说在那脉脉温情之外，还布满着温柔的陷阱，在那缱绻的话语中间，也还响着令人心寒的弦外之音。亲情和爱在那里相迎，仇恨和刻毒也定然已经久候。就如那日与友人所谈起的思乡话题，开始时都不免有些许的激动，各个争相夸耀自己的城市和那一方的风物人情，可一想到终究要回到那烦心的倾轧之中，回到那种种莫名其妙的关心与掣肘、还有那少不了专横和欺瞒的压抑之中时，那心便直凉得寒气四溢。

然而这也终究改不了那份执著又强烈的向往与追怀。你知道，那些忧愤与不平，实际上早已经与那份情感的执拗断了关系，你是一个彻头彻尾的无可救药者，纵然那故地已是泥泞的陷阱和煎熬的火坑，你也跳定了。

永世的来路，无悔的方向。暮雨中思乡的旅人，她正离你越来越远，也离你越来越近。

乞讨的艺术

听到那声音，我几乎是从汉学系的办公室里冲了出来，因为这个周末的下午实在是有些无聊。冬日的斜阳仿佛偷懒一样，刚刚露了一下脸就暗淡下来，叫人不由心神困乏。我正伏案似睡非睡，不料这琴声将我唤醒，像给我注射了一针兴奋剂。我顾不得收拾桌上的东西，也等不得老迈的电梯，径直从四楼上跑了下来。

这是我在海德堡街头所目击的最壮观的一次，是一个由四人组成的木琴小乐队。他们摆摊的地方，离着法拉第街巴赫和施特劳斯的故居——如果我没有看错的话——也就是一条巷子的距离。四个年轻人一字排开，四架大小不同的木琴，四个声部，大珠小珠落玉盘。周围是密密匝匝的观众，少不得有一两百人的样子，看来他们也确实被这帮小伙子的琴声吸引了，齐齐地站着，不时报以热烈的掌声。大概这掌声又激发了年轻人的情绪，弹奏愈发投入和张扬起来。而且奇怪的是，他们的演奏是称得上是既古典又另类，如《土耳其进行曲》一类的曲子，显见是属于适合木琴演奏的打击乐，但他们又故意选了一些通常是属于弦乐性的曲目，像莫扎特的《弦乐四重奏》、海顿的《小夜曲》等，用打击乐来表现弦乐的内容，居然有一种格外的效果，而且他们还即兴和任意地加上了一些诙谐活泼的发挥，这使得他们的演奏听起来既专业，又有着地道的民间滋味儿，真是美妙。

四个小伙子看来该着开张，面前的琴盒子里一会儿就撒满了耀眼的硬币。也许是刻意显得超脱罢，他们对此好像全不在意，更没有像我儿时看到的那样，托着铜盘四周作揖，叫你捧个钱场人场什么的。演奏者兀自沉浸在艺术里，听者则自觉地撒着银钱，双方默契地进行着世界上最古老、最不用讨价还价、最不带铜臭气的交易。不能不叫人眼热。

慕尼黑流浪的民间艺人，着装有浓郁的波希米亚风格

那一刻我产生了一种念头，我觉得他们完全不应该用这样的方式收钱，这么美妙的艺术岂是能够用一小堆硬币来衡量。他们可以在真正的音乐殿堂里表演，然后是掌声和鲜花，再然后才是票房的结算……不过又一转念，觉得这反倒是虚伪了，即便是现钱交易，甚至乞讨的方式，也并没有玷污艺术啊。钱，只有在这一刻才完全被净化了，变成了高尚和有教养的东西；乞讨，也只有在这一刻，才成为尊贵和叫人向往的行为。你可以将他们看

做一种特殊的谋生计者，一种特殊的乞讨者，但他们却是有尊严的乞丐，叫人欢喜的乞丐。

曾经有很长时间，我感到诧异，为什么在这世界上最富足的地方也不乏乞讨者？难道乞讨不只是因为生活所迫，还是一种“人性的需要”吗？后来我才知道，情况是比较复杂的。在德国，乞丐通常有两类，一类是常常徘徊于超市门口的无家可归者，他们酗酒，或是有精神疾患，有的则可能是属于从一些不发达国家流落而来的“黑工”，失去工作后又没有其他收入来源，只好乞讨为生。每当我看到他们蹲在超市的屋檐下或台阶上，喝着廉价的啤酒，口中喃喃自语，或者把阴沉的目光对着我，摊开手向我要钱时，总有些不由自主的紧张——要知道，我在自己的国家里几乎从来遇不到这类事情。倒不是因为我们那里的乞丐比这里少，而是因为我自个儿的“形象”让那些试图行乞的人反有些避之唯恐不及，头发胡子乱得一塌糊涂，本身身份就十分可疑。没准儿那些精神有问题的人就把我看成了“同类”，自然很少找我的麻烦；而那些精神没问题的乞丐看到我，也自然会有些躲着走的意思。可在德国，我会常常遇到要钱的乞丐，这让我有时紧张，不知该如何应付，但紧张之余偶尔“施舍”一枚硬币，也感到些许安慰，毕竟西方人对人是更少“偏见”的，即便是乞丐，他们也从没有责怪人的头发和胡子、更没有因此把我看成“坏人”的意思。

至于另一些，就很不同了，他们是在乞讨，但却绝不伸着手招呼你死乞白赖地要你的什么——他们是艺术家，在街心或在路旁，旁若无人地表演着他们的艺术。这样的情景在东方我们那里也偶尔会遇见，可这里的演奏者通常却不是那样的衣衫褴褛，邋里邋遢。他们即使在乞讨时，也保存了艺术家的风度与尊严，这让我着迷。说实话，欣赏他们的表演几乎成了我的一个乐趣，因为它们随处可见，而且是如此令人亲近的艺术，你不用

哥廷根街头，孤独的吹奏者

夏日的海德堡

带了崇拜和紧张去看它，而只消停下脚步，带着善意、欣悦和尊重打量他们，倾听那自由的、即兴的、甚至是完全散了节奏的、却同样充满了自信的表演。在这样的时刻，人和艺术实际上是拉近了距离的。

我甚至很想体验一下那种生活，可惜却不会一点乐器——哪怕一知半解也行呵。每当我看到那小小的圆盘，或者干脆就是一顶反放在地上的呢帽，里面寥落地撒着一些亮闪闪的硬币，我便充满了好奇和由衷的向往。我明白，演奏者并不奢望那钱币的多少，重要的是那提供了一种契约，一种默契的关系，他在认真地演奏，你则在欣然和漫不经心地听……当你把一枚钱币投入到那里面的时候，你并没有觉得你是在施舍谁，相反你感到自己是一个对艺术有着敬仰之心的人。你并不比那乞讨者高贵，而且从那演奏者身上，你还体验到了艺术原本的民间韵味和自然的风神。

我感到奇怪：这是产生了巴赫、勃拉姆斯、贝多芬、门德尔松、海顿、舒伯特、施特劳斯甚至是瓦格纳的国度，是热爱并孕育了伟大的古典音乐艺术的民族，这里的人们可以很“小市民”，但却很有艺术的教养，热爱着歌剧、芭蕾，可就是在这样的国度里，艺术竟然沦为了乞讨的手段，艺术家沦为了乞丐，这是让人不解的。而且那种挣钱的方式对欧洲人的生活消费来说，究竟有什么意义？那么他们究竟又是为了什么，才乐于这样乞讨？

有一天，一位友人说了一句刺激人的话，想想应该是有些道理，他说，对西方人来说，音乐沦为行乞的手段，是因为人家行走在音乐之上；而在我们那里人们拉着琴乞讨，是音乐穿行在我们之上，因为我们不足以和音乐对话和交流。这话是激愤了点，但还是有点自我批判精神，有些解气。毕竟艺术和别的什么东西一样，在这里是处在一种相对的“过剩”状态，在我们那里，则还是不足，我们似乎还顾不上太多吃饭以外的问题——当然，也许是因为我们太注重“吃饭”的问题，而忽视了别的，太实用主义，这也是我们的传统。

可是也还要替他们知足，因为在德国，人们是不可以像在中国那样随便“练摊儿”挣钱的，所有的职业收入都是处在政府的监控之下的，没有哪一项经济活动是可以逃过税收监督的，而唯独这一种可以例外，因为他或她所使用的赚钱方法不是别的，而是艺术，是艺术赋予了这种赚钱的方式以“特权”。看在这份上，他们也该知足了。

在哥廷根我曾看到过难忘的一幕：一个人孤独地坐在街心的花坛旁边，演奏一只巨大的看起来像喇叭的东西。说实话，那是我所听到的最难听的“音乐”，但他那种认真和创意却仍让我尊敬。乐器看来纯是“自制”，穿的衣服也非常有传统色调，他坐在那里卖力地吹着，北风瑟瑟地刮着，空气里飘着若有若无的雪花，可他却沉醉得犹如置身无人之境。我想到，多少年之后，可能会在众多的西洋乐器中又多了一种，那时它的音色会美妙完善得多，可是它的创造者，却一直可以追溯到今天，这个傻坐在冰冷的街心花坛上的落魄的人。这就是西方人，他们的缺点是“傻”，优点则是“太傻”。因为傻常常是创造的前提，傻总是与执著同在。正那么想着的时候，可巧就听见了熟悉的锣鼓声，远远看去，一群刻意装扮了的扎着头巾的东方人，举着标语，敲着整齐热闹的鼓点，还响着哇哇的唢呐，引来了大批的观众。这声音让我倍感亲切，以为是遇上了同胞，走近前来方知道原是一群越南人，他们是在募捐，据说是因为一些地方遭了水灾。锣鼓敲得震天价响，只是听起来像是在催促人的衣兜。

两种方式看上去是如此不一样。

在巴黎时，我明白了一个道理。我们在地铁列车上遇到了两个中途上来的手风琴演奏手，不知道他们来自何方，看上去像是东欧人或是西亚人，蓄着阿拉伯式的小胡子，两个人用两个声部协奏着莫扎特的小步舞曲，配合娴熟，特别富有诙谐的动感，几乎是手舞足蹈，声情并茂。他们的热情感染了一车人，大家纷纷慷慨解囊，大把的法郎哗哗地流入他们的呢帽之中。我还抓住机会为他们抓拍了一张照片，看到镜头，这两位就更显得兴奋，给出了十分生动丰富的表情。那时我就想，即便是乞讨，也要讲些“职业精神”，有一些“职业道德”，让付钱的人给得高兴和值过啊。

皑如山上雪

第一场雪是有点神龙见首不见尾的味道的。深夜里，静极无眠，偶向窗外瞥去一眼，惊喜又骇然——惨白的路灯映照的夜空里，竟飘起了鹅毛般的雪片。是无风的落雪，飘飘悠悠，打着轻盈的旋儿，落下来。

地上早已是一片洁白，绒绒的有了一层。天地间静静的。此刻我体味到雪落无声的意味，古老，惊奇，有莫名的兴奋和说不出的冲动。

痴痴地看了一会儿，又躺下，虚躁的心思静下来了，不知不觉一场酣睡，次日醒来已是天光大白，忽记起昨夜的雪。但起身去往外看时，哪里还有雪的痕迹？原指望能看到忽如一夜春风来的景象呢，可那千树万树，却只有湿漉漉的深绿和枯黄。银白的梦幻了无踪迹。直叫人疑心，昨夜所见，莫非是睡梦中的错觉不成？

便披衣出门，往开阔的涅卡河边走去。草地上露珠晶亮，背风处和旮旯儿里的确还能看见小片的积雪，瘦瘦的样子，偶尔有一两只不知名的小鸟在灌木间争抢着什么，遂知道昨夜所见不是梦。

来到河边的开阔地，向着东南面的国王、圣灵二山一望，却是一怔，真有点目瞪口呆：两座山的山顶上盖满了楚楚动人的一片，从山顶往下三分之一处，莹莹的白色遮住了往日郁郁的深绿，往常那片枞树林虽然已经落尽了叶子，但整个儿看还是一片深绿，那是它们密密麻麻的树枝给人的印象，而现在，这树枝的下面和树杈间，是耀眼的白雪。

便带了书，向山下的老城方向走去。河边的风景依然如往常，但今日叫我兴奋的却是山色。我知道，昨夜的雪怕是遇上了暖气流，雪下得来，却留不住。这种景象在我们那里通常是只有立春之后才会有的，有俗话说，“立春之雪，狗也难撵”。是说那雪因为地气之暖，而化得飞快。欧洲虽是地气高寒，却有大西洋的暖流带来的温润空气。从这点上说，它是得天独厚的。即便是隆冬时节，也少有酷冷暴寒。雨雪交加，先雪后雨，乃是常见。

但正是这湿漉漉的一片碧绿和深黄，显出了那山巅之雪的耀目的洁白。如若是天地间一片白茫茫也就罢了，那眼睛会被刺得难以睁开，而现在则是天际的梦境了。白，但是那种令人神往的神秘之白，是那种只可遥望而不可企及的白。我忽地记起了两个遥远而朦胧的句子，大约是卓文君的《白头吟》罢，“皑如山上雪，皎若云间月”。那竟是一位古代的美女用以自比的绝世之喻，此刻我真是为这样一个取喻所震动，也许是不曾真正注意，也许是习焉不察，司空见惯，现代人在美感经验方面的衰退，对本来无比生动的美景的麻木，真是到了令人发指的程度啊。曾以为这不过是大而无当的泛泛的比喻而已，但此刻才真正体会到“皑如山上雪”的奇妙和神秘，它遥远而逼近的美。

便去追想一位东方的美人，不是在现实中，而是在遥不可及的古代。那是多么自信的、超凡脱尘的美——“闻君有两意，故来相决绝”，又是多么叫人惭愧的自信、自尊和自爱。我在记忆中搜寻着，究竟在现实中还有没有这样令人仰慕的美，不带俗艳、不带功利，不带卑怯，不带小女子的哀怨气，也不带市井的酸泼气的一位？

但还是住了罢。河上的风刮在眼里，有点隐隐的酸疼。皑如山上雪，这样的女性在本质上不是男人能够看到的，这便是遥远古代的“女性主义”了。设若是男人能够看见的话，那位夫君怎还会萌生“两意”。可见在真正的白雪之美面前，男人的眼睛总是失明的。他是良莠不辨、薄情寡义、永远只会做蚀本生意的。

索性学校也不去了，一个人被什么情绪攫持着，在山上盘桓了半日。终竟也没有爬到那雪线的高度，止于半山腰的仰望也就算了，因为再往上是没有路的，便有，也不易寻，地势陡峭，免不得心中有些畏惧。怅怅地回了住所。

好久还是难以挥去那耳边的萦绕，大约也是一种思乡的情绪在作怪，走在路上，它便跳出来，竟成了直觉里的一种游戏。直到那山顶之雪渐渐地消融殆尽，它们还不肯散去。也是怪了，更加执拗的后半句又在耳边盘旋着，仿佛积久地等待着解释——皎若云间月，那又是何等的一种美？

……终于有了答案，但是在许久以后。

从巴黎回来，我为了赶学校的课，一个人匆忙又稀里糊涂地上了车。巴黎的记忆还在脑子里翻腾着，忙不择路地找自己的车厢。谁想竟遇上了两位同胞，是因商务来欧洲的，趁机各处游览一番。彼此一搭话，便免了路途的寂寞。一路聊着，海阔天空，三教九流，唤起了久已淡忘的记忆。兴奋、慨叹、欷歔，置身两个世界的巨大落差，中国人在这里大大地抒了一番情。不觉几个小时已过，抬手看时间，再对一下列车时刻表，知道快要下车了，就匆忙道别，互相交换地址联系方式。说话间，车停了，我拎起包，匆忙朝昏黄色的月台迈了下去。

下得车来，立定了往四周一看，觉得不大对头，曼海姆是个很大的车站，怎么眼前这个却如此之小？看着几个稀稀落落的下车乘客，一转眼就都走远了，我知道出错了，再回头想回到车上时，那列车却早已经启动，飞一般地急驰远去。我一个人茫然地在空无一人的站台上走着，正不知道是一种什么心情。我不明白，这资本主义竟也有晚点的时候，我按照列车时刻表的时间下了车，可却提前好几十公里，被抛在了一个叫做达姆施塔特的小站上。

可见逻辑是靠不住的，这教训真是意味深长。我在想，刚才如果不和那几个同胞说得昏天黑地，自己不会犯这样的糊涂，两个语境就是两个语境，稍稍有点含混就要出错的，这是规律，必须牢记。

一个人，在深夜的站台上来回踱着步子，时针已经指向了午夜一点。斜风夹着寒雨吹过来，透心儿冷。灯光昏暗，我不知道下一班车什么时候会来，而且是否会在这样一个小站停靠。要是这样一直等下去，不但明天的课要泡汤，而且非冻僵了不可。早知道如此，我何必要这么急地往回赶。也是逼急了，我找到一间小亭子一样的值班室，敲响了窗户。半天，一位中年值班员开门出来，看样子他已经准备休息了，一脸的困乏。我给他讲，我按照这张时刻表下了车，但是列车却晚点了，这里不是曼海姆，却是达姆施塔特，我想这不是我的错，我现在该赶哪一趟车，我需要他的帮助……

逻辑又起作用了，中年值班员从电脑上重新给我打印了一张时刻表，是专门为我提供转车建议的一张——这就是他们和我们之间的不同，人家的服务是为每一个个人着想的——幸好 2 点 20 分还有一趟，他告诉我，先乘这趟车到曼海姆，然后再转另一趟去海德堡，我需要在这里等 40 分钟。如果我觉得太冷的话，可以在他的值班室里等。

我连声地说“当克甚”，我说我愿意在站台上等，因为我觉得已经太打扰了。

40分钟之后，一趟看起来相当简陋的列车驶进了站台，这大约是那种比较偏远的乡村地区的列车了。我几乎是满怀感激地登了上去，但却发现车厢里空荡荡的，竟一个人也没有。我往前走了一个车厢，还是没有人，再往前走，空空如也，再走一节，终于看见一个乘客，在暗淡的灯光下旁若无人地翻着一张报纸——竟是一位非常美丽的女孩！

我想她可能是一个大学生？便向她问好，并且对她说，希望在曼海姆车站得到她的帮助，因为我不想再出错。她很爽快地答应了，说“No problem”。然后又低头看她的报纸去了。

几十公里的路程很快就到了，下得车来，她把我领到一个站台，说：你在这里等大约20分钟，上车就可以了。说完她挥挥手，消失在人群里。那时我才注意到她的穿戴是非常入时的，她的身材看起来真是太美了。

目送着黑暗的远处，我坐在排椅上耐心地等着。不管怎么说，心情比在达姆施塔特时要好得多了，虽然经历了一番周折，但明天的课看来还可以赶得上。这样想着时，身体也感到暖和起来，再看看表，有三四分钟车就要来了，我提提神，正要收拾一下行装准备起身时，却忽然听见一阵急促的脚步声，抬头一看，竟是那个熟悉的身影，是她！她跑了回来。她气喘着，脸蛋有些微红，她连连地摇着头对我说：对不起，我太糊涂了，搞错了，如果你一直在这里等，那等到明天也回不了海德堡，快，快跟我走。

我跟着她，急急地穿越了地下隧道，来到另一个站台，车刚好已经到了。她还在说对不起，我上了车，回过身来向她道谢，看着她气喘吁吁的样子，尴尬的人居然不再是我，而变成了她。她还在解释着，她都出站走出好远了，才忽然想起刚刚修改了的列车时刻表，意识到自己可能是搞错了，差一点误了我的行程……

不到一分钟，车就开了，离开的刹那，我还隔着玻璃听见了她那“我不是故意的”的大声的解释，看见了她那幽深又闪亮的、明月和大海般的眼睛。虽然它们一闪就消失了，但却久久地印在了我的脑海里。

半小时后，车子到了海德堡站。我出得站来，心里还满怀着热乎乎的感动，心想这是怎样难忘的一个夜晚，居然是这样的一连串的梦境般的遭遇。我兀自叹气，摇头，真是难以置信。再抬头看看天空，却也惊喜得不行，它竟像人的遭遇一样柳暗花明，如此快地也经历了一番戏剧一样的变化——它已完全地放晴了，从未晴得如此明亮，一轮满满的明月，高悬在朗朗的西天。

我走在熟悉的小路上，注目着久违的明月，像看见了家一样温馨。我注目着，眼前却又总是闪现着那位日耳曼女孩的影子，多美的眼睛，月亮般透明的心。我在想，这样的事情能否在我自己身上，在我的同胞那里发生？或者就是一位东方的女孩，能否如此真诚地帮助一个完全不相干的路人？

找不出更美的东西来赞美她。可我突然找回了那个已积久地潜伏在我耳边的比喻——皑如山上雪，皎若云间月！是的，唯有那白雪和明月，才是最适合她的比喻。美丽的日耳曼的女孩，让我在心中默默地祝福你。

巧遇诗人

在卡尔斯鲁厄大学艺术学院的学术会堂里，我一眼就认出了Y，他那一头巫师般的黑色的长发，是如此显眼。很早以前我曾经是他的诗歌的喜好者——甚至可以说是崇拜者，在80年代中期，他曾是可以代表当代中国诗歌的文化层次和品质的诗人，作品的规模非常庞大，还多以文化或哲学命题为写作对象，异常深奥和难懂。有一个时期我甚至还尝试模仿他，写一点“文化主题”的诗歌，只是后来趣味慢慢地他移了。但不管怎么说，在异国他乡见到闻名已久的诗人，总有点令人激动的意思。当友人问我，愿意不愿意参加一个内容与中国诗人的作品有关的关于诗歌的“新媒体展示会”时，我高兴地答应了，想看看诗歌这种东西是怎样由时髦的电子载体来呈现的。而亲眼见到诗人，则更属于意外和奢侈了。

Y的气质的确很吸引人，很潇洒，当然也“欧化”得厉害。一位诗人应该如此，从形象装扮上就与众不同，这样可以为自己的身份定位，找到写作的状态和感觉，如若混同于芸芸众生，还怎么找这份感觉，找到不同寻常的语言？Y穿着一身深色的骑士服装，上身是一件休闲式样的夹克，下身是一件闪闪发亮的皮裤，足蹬一双高腰皮靴，长发披肩，气势夺人。而且正像有人说的，Y非常像一位“道人”，说是道士未免有贬损诗人的嫌疑，但他漆黑的眉毛，异常有深度的眼神，配上一头披散着的长发，使他看起来的确有几份道家的气度。据说Y曾精研《周易》，他的一部演绎《周易》思想的长诗，过去我也曾经读过一点片段，只是因为生性愚钝，对易经的玄机与奥妙未曾入门，所以几乎没有看懂。

Y是从80年代初期的小布尔乔亚诗歌主题中冲出来的诗人，所以应该受到尊敬，他把那时候的一些小的感伤情绪、诗歌领域里的“伤痕主题”，引向了宏伟深沉的文化与民俗主题。说起来他对当代诗歌的发展，应是功不可没的，不过后来他却“挨骂”了，有更年轻的诗人，嫌他板着面孔玩复杂和深沉，就写了“反诗”，意思是：你写那玩意儿，其实是故意做出来的，本来什么也没有，硬硬地解释出一大套意思来，比如说一座古代的建筑物，你站在上面，想到的是古往今来的英雄豪杰，苦难沧桑，仿佛这建筑成了什么历史的见证，民族的化身。可在我看来，什么都没有，我爬上去，无聊地看看四周的风景，然后下来，进入了无边的人群就不见了。有什么呢？你的文化英雄般的气势是做出来的，你其实连偶尔在这里潇洒的“精神病患者”——那些因为患了抑郁症而轻生的人，也比不过。他们还敢从这里跳下去，将自己开成一朵鲜红的花，要说“当代英雄”的话，那是他们，而你却是什么也不敢的。否则，有种的，你跳跳看。

这其实是一种“难缠”的取闹，诗人自然不必非得下火海，上绞架，做做思想者状也不见得就该死，谁都有过几份装腔作势的经历，少年不识愁滋味，为赋新词强说愁的矫情。过去我一直为这诗人在心里愤愤不平，受世俗之压还不说，还要受你们这些晚生小子的嘲弄，是何道理。不过后来渐渐理解，那“反诗”也不过是一种借题发挥，是“对事不对人”的一种表达方式而已，其实是一种美学立场的表述。何况反过来也想，若说近乎易，缘乎道，也倒还有可讨论的，道家思想的精义其实正在于主张“消解”，易是以最简化和抽象的方式来解释世界的，所以简单化和“拒绝意义”的世界观，倒实在是得易与道之神韵的。无论老庄，还是禅宗，在哲学的本体论和认识论上，讲的都是“无”，这个无既是前提，也是结果，“有”是暂时的，相对的，存在和探求，都是这相对和短暂的过程之物。从这个角度来说，那个写反诗的后生，其诗反倒更有几分“禅意”了。

Y 是用英语演讲的，稍显得生硬，因为他之出国大约是基于其他的原因，初来欧洲时，恐没什么底子的，所以夹生饭是无疑的了。但因为留居欧洲已经十数年，所以一般的交流应没有问题。他所讲的，大约仍然与他的“阴阳相生”的认识美学、生与死的大主题有关，我听得似懂非懂，但对他的发音和语调则颇认同，比听欧洲学者的演讲是“舒服”多了。他的简短的演讲获得了相当热烈的掌声。

然后是一位日本籍的女学者兼艺术制作人，开始了她做的 CD-ROM 的演示。她大概是 Y 诗歌最忠实的赞赏者和研究者了，所制作的诗歌 CD 中，录入了 Y 的最新作品，还附有他的一些谈诗的言论，生活的小场景，他妻子的言谈，还有世界各地的一些特殊景观、纪念物等，加上 Y 自己朗诵的声音，诗歌的中英文字幕，每首诗都做成一个小文件，读者可以点击这些文件的小图标，并选择语言的种类。总之，形式比较新鲜活泼，与之相匹配的，是 Y 带来的一本印刷品的诗集。

Y 的朗诵很有特点，声音比较低沉，还略微带了一点沙哑，作为诗歌的语言刚好合适，显得很有内涵，甚至有种特殊的“磁性”。但令我有点不解的是，Y 的诗歌新作是如此的晦涩，那些带有很重的拼凑痕迹的句子，听起来几乎全是一些名词和修饰词，单面的很。翻来覆去是一些“死亡”、“黑暗”、“深渊”、“寂静”……沉闷的形而上学，令人昏昏欲睡的玄学。按说我在国内虽不是专门研修诗歌的人，但再不济也算是一个比较“专业”

的读者了，但他的诗我确实没有弄明白写的是什么。倒是那些黄头发蓝眼睛的听众，看起来来更像是听明白了。

最后一项，是签卖作品。我不清楚这是不是今晚报告会的一个程序，总之情况好像并不太景气，五六十人的听众中大约只有六七个人买了 CD，Y 带来的一小摞诗集大概只卖出了不到十本的样子。可能是因为价钱贵的缘故——那本很薄的诗集要卖到 20 马克，CD 就更贵些，要卖五六十马克。我同行的德国朋友买了一本诗集，她交了 20 马克，而 Y 居然也没有犹豫地收了。这令我感到有点“那个”，因为她与 Y 已有一面之识，而且对其作品还多有推助介绍，就在刚才，她还作了一个关于 Y 诗歌的简短演讲，怎么着也算是朋友了，Y 居然也收了她的钱。

不过从友人的脸上倒没有看出有什么不快。演示会结束之后，东道主搞了一个比较简朴的酒会，我与 Y 坐到了一起，倒是没有聊他现在的诗，因为担心说出什么令他不快的话，只是随便扯了一些关于他早期诗歌的问题，还有他刚刚在国内出版的作品集，另外就是扯了些闲篇。Y 看样子很能喝酒，两杯葡萄酒下去之后，脸色容光焕发，谈兴高了很多，我问他生活状况怎样，他笑笑，说：你看见了，很一般，收入不固定，常常是看运气，得到大学或机构的邀请，就会有些钱，否则，主要就靠写作的收入了，而写作——他耸耸肩，诗歌能卖多少钱呢？听此言，我刚才心中的一点不快消失了，让朋友买自己的书，这虽说不符合我们中国人的习惯，但这毕竟是不养闲人的他乡异国，况且西方人的思维方式也和我们不一样，他们是几乎不赠书给朋友的，是朋友你自然可以、而且应该买。于是转为欣然，便约他来海德堡，他大约很愿意来，说，如果走完这次要走的几个地方还有时间的话，一定来。

深夜，我们驱车回海德堡。路上，朋友问我，对 Y 的诗歌印象如何，我说：你要听“真话”吗，她说当然。我说：早期的自然是好，他是个重要的诗人，但现在的诗，说实在的，是看不懂了。她很奇怪，“你竟然看不懂吗?”我说：不是从“意思”上，而是“语言”上。她很会心地点头体味，“我明白了”。

我把脸转向了黑漆漆的原野，看着驿动的灯火，欧洲的黑夜，我忽然意识到，其实诗人真是无法离开自己母语背景的一种人，尤其是中国的诗人。再优秀的汉语诗人，如果离开了自己的本土，虽会得到了一些东西，但终究会像希腊神话中的离开大地的英雄安泰一样，会变得轻飘飘苍白无力——“自由”是要付出代价的，眼下Y就是这样，这不是他个人的江郎才尽，而实在是因为他已失去了写作的土壤和源泉。一个曾很有点大气磅礴的诗人，如今在灵魂的漂泊中，除了惯性地拼凑些空洞的词语，用概念延续文本和创造力，真的别无他法。这样的写作可以靠一点玄虚的东西来“蒙”西方的汉学家，可对于自己的同胞来说，却是心知肚明的。想必Y自己对这一点也是清楚而无奈的。

回到海德堡，这事就渐渐淡忘下去了，而且，Y诗人也终究没有来。

隐居的大学

拿中国的大学和西方的大学作比较，最显著的不同是“居住”的方式不一样。中国的大学是居于闹市，大多分布在省会级以上的都市里，并且尤以北京、上海、南京、西安这样的大都市为多，还以北京的最为“权威”，至于次要一些的城市，地县一级的城市则只有一些无名的二、三类的和专科的院校，或根本就没有大学。而西方却全然不是如此，大多数学校都“隐身”在乡下，或中小型的城市里，根本就没有“级别”之分。以德国为例，全德国最古老的大学——当然也属于最有名之一的海德堡大学既不在柏林，也不在汉堡，而是在巴符州和黑森州边界处的小城里，海德堡城不足20万人，是座地地道道的小城镇，城中的很多居民同大学有关系。它离巴符州的首府斯图加特也有近200公里之遥，但如此偏居并没有使它变成一个无名的三流学校，相反这座拥有600多年历史的大学如今在德国仍充满了活力，其医学、化学、哲学、法律甚至神学等许多传统学科，仍然保持了在德国的重要地位，计算机等一些新兴的学科在欧洲也有重要的影响。不只是海德堡，其他许多历史悠久、地位重要的大学，像莱比锡、图宾根、波鸿、哥廷根、罗斯托克等也都是居于很小的城市，同样在全国享有重要的地位，并大都度过了500岁的生日，它们一点也不比柏林大学、汉堡大学的名气小。即使是在海德堡以南一个名叫卡尔斯鲁厄的小城，它的大学艺术学院的新媒体学在德国也是有影响的，而那个城市在许多地图上根本就没有标出来。

小城图宾根。图宾根大学群星灿烂，1790 年风华正茂的荷尔德林与黑格尔、谢林同窗于此，传为佳话

海德堡大学关学生禁闭的地下室，四周布满了学生的涂鸦

德累斯顿夜景，左为教堂，右为歌剧院

1785 年的海德堡大学广场

大学的“隐居”造成的结果首先是学术的民主。与之相比，中国的高等教育首先不在于规模，而在于布局和模式。我们的大学之所以争相身处闹市，是与行政权力的分配模式完全同构造成的，因为北京是首都，是国家政治和传媒的核心，所以北京便一定要设立最多的大学，而且设定的级别便是“国家级”，这样大学变成了权力体制的一种特殊形式和一个部分，最好的学者便一定出现在那里，或者要从“外省”汇集到那里，甚或先天就占有了权威位置和优先发言权，并且决不肯轻易流动到其他城市。这样久而久之，学术的体制也就由此产生，即北京是学术的中心，其他地方根本就无法竞争，成为另外的中心，在理论上也只有上海的一些大学可以略分点儿秋色，争得一点权威，而各个外省的高校，那就只有马首是瞻的份了。至于省会城市的高校和地县级城市的高校的关系，也是同样的格局。这样的布局和模式当然会使处闹市者权倾言重，而“偏居”者则自轻自贱，久而久之，“地方”变成了学术荒芜、人才稀缺的山野，闹市则成了人文荟萃、英才云集的庙堂。

这样的模式和布局，与国家整体文化的发展和现代化的最终目标，显然是背离的。如果永远只有一个城市的大学是权威所在，不只学术民主、百家争鸣会落于空谈，对整体文化格局的现代化和兴旺发达也是障碍，而且仅就国家的“投入与产出比”而言，就是很大的损失。国家并不只在中心城市投资办学，在地方和边远城市也同样投入大量财力，可是在那些地方如果永远只能出现次等的学术人才，只造就二流三流的大学和研究机构，这不但不符合逻辑，更是对国家利益的无益损耗和对大量人才资源的浪费，由此产生的后果，是使整个国家的高等教育结构失衡，机制单一落后、缺少活力，无法发挥辐射、互动交流和创新的作用，使整个教育布局完全依附于国家行政机器与权力布局上，不但无法成为文化发展的良性基础，而且久而久之会成为国家的一个沉重包袱，成为孕育学术腐败的温床。

在德国，大学的“隐居”式分布带来了众多的好处。首先是它使得德国根本上不存在真正的“乡村”和“落后偏远地区”，因为高等教育的普及性，以及所有大学在发展机会与权利上的均等，导致了文化在各个地区的均衡发展和学术的生机勃勃，这本身就是学术民主的基础。某种程度上，在他们那里，大学恰恰正是“乡村”，它们远离闹市，也就远离了各种大众媒体和时尚文化的干扰，使他们有众多从事科学研究的人可以从容地专注于他们的事业。这正是保证一个民族科技和文化发展并领先的条件。因为很显然，大学根本上是“研究高深学问之所”，大学的研究是一种百年树人式的、既讲“效益”又无法在短期衡量所谓效益的研究，它不是影响一个民族一时，而是影响长远的未来；正像不能在短时间内构造一个民族的文化一样，一座学术根基雄厚的大学，也不可能在很短的时间内建成；大学需要新的信息，但更需要安谧的环境和恒长的时间，大学最需要的是一块净土。只有远离商场、官场和一切过分功利化、实利化、时尚化的东西，方能真正拥有发展科学和学术的条件与环境。

大学的隐居还会使一个民族变得更有耐力和后劲，使一个民族变得深沉，热爱文化和艺术，热爱一切恒常的东西，这个道理在欧洲的任何一个国家都是说得通的，没有哪个地方是文化的死角。从根本上说，大学的隐居有利于一个民族素质的整体提高，是一个民族走向现代化的必由之路。

把大学变成一种行政化的权力模式所造成的后果，就是学术效益的低下，人才和学术权威的过分集中，还导致了学术活力的匮乏，给国家在文化和教育方面的投入造成巨大浪费，使所谓“科教兴国”的战略难以变成真正的现实。另一方面，人们正忧心的学术腐败在很大程度上也是由此滋生的，无视学术生产和管理同其他事业不同的特殊性，当然会导致把“文场”、“学场”变成“商场”、“官场”的恶果。

说到底，“隐居”是一种比喻，大学教育布局应该从目前与行政权力结构完全“同构”的状态下剥离开来，建立高等教育的“多极模式”，把文化的中心和重镇推展到各地甚至“乡村”中去，使国家在科学与学术文化上有更多的“中心”——当然是真正意义上的中心。为什么只有京城的大学才是最好的大学？只有京城的学者才是最高明的学者？最好的人才和最强的学术力量最后都流向了一两个中心，这不是正常的情况。如果只是这样的话，那中国的现代化最终就只是一个“局部的现代化”而已。

雨夜思

除了赤道上的热带雨林，这块土地差不多就是地球上最为多雨的地方了。天似乎从来就没有完全晴过，北大西洋上汹涌的云层带来了无尽的水汽，灰蒙蒙的，云紧贴着山岩，甚至就俯身在河面上，伸手一把就可以抓过来，就可以攥出水来。一日三下是正常的，那雨也不是很大，不像瓢泼和倾盆，却就那么温和而执著地、不紧不慢地下着，把那白天连成了黑夜。这时候听着窗外噼里啪啦的声响，试图出门的幻想便一点点陷入了绝望，世界变成了彼此隔绝的两个。心里念着窗外的那些鲜绿或者枯黄的枝叶，慢慢地，进入了半梦半醒的状态。好像置身于某个古旧的记忆里，想起一串很抽象、很老旧又很鲜亮的词来。

南中国也有类似的情形，所以许多词其实是在那里才更新鲜和更饱蘸水分的。唐诗和宋词里的多半，都是产自那些地方，而且多半和这雨水分不开。因为盛产诗和词，所以一千年来，中国文化的中心渐渐南迁了。文人秀才，才子墨客，多半产自这多雨的南方。在北中国，那就只有极个别属于得天独厚的角角落落了，那些角落里才会零星地单蹦儿些个。所谓才情，大约不过是在这绵绵的细雨中，渐渐酝酿孵化出的一种东西，一种感觉的灵性罢了。

海德堡大学植物园里的暖房

时间和生命就这样一点点地被它织入和消磨了。我忽然想起来，最初人们对时间这东西的构想，也许就是这雨在作怪吧……滴滴答答，淅淅沥沥，都是雨滴的声音。除非人是在无事可做的时候，才会“思想”，那雨把人闷得闲极无聊，便来思考这生命和存在了。想起一位哲人的说法，时间不过是被“虚构”出来的——被什么虚构呢？被钟表，是钟表的水滴般的滴滴答答声，描述了时间的节律和脚步。这是很有些意味的。想当初盘古开天辟地之前，世界是一片静止和混沌，后来何以创世，有了上下古今？是因为日月经天，晨昏朝夕，还有春夏秋冬，盛衰荣枯，大自然的节律“虚构”而且描述了人最初的时间感觉，再加上人自己生命的周期轮回，遂知道，原来这世界有个名字叫永恒，而人生则有个名字叫无常。

无常便成了世界和时间的刻度。雨滴滴答答拍着芭蕉，打着梧桐，是音乐，又是刻刀，一下下把那烟雨苍茫的唐朝送走，渐行渐远，然后是多愁多病的宋，日渐衰弱的明和清……读读这些句子就觉得，他们是这样地近，又是这样地远。适才还是李商隐的巴山夜雨，那人还在羁旅中颠沛流离，想着那遥无尽头的归期和挨到将来某一天的温柔之乡，再来回忆这一刻的凄迷。而现在，这一切早已是古时的一片烟梦了。何当共剪西窗烛？却话巴山夜雨时……雨还是那雨，人却早已经换多少代。多少美丽或者凄凉的人生都曾经属于此在，可现在，都被这雨一滴一滴，送进了永恒。

如梦般苍茫的施瓦辛根皇家花园

在感知生命体察人生方面，还有谁能够比得上中国人的精微与细腻？中国人看重的是经验，经验是什么，是重复，是永恒相似又不同的生命处境，所以，体验遥远又近在咫尺的过去，就算是洞悉自己的命运和处境了。你很快会匆匆走过，汇入到那也曾和你一样把酒问月、煮酒论诗、夜雨闻琴、行走于大地之上、凄迷羁旅之中、而今却已然沉逝于时间与永恒之河中的那些人的行列，谁会记得你？

梧桐更兼细雨，到黄昏，点点滴滴。一千年过去了，对一个单个的生命来讲，一切仍是照旧。

雨还在下。便想起了那个人，想起了那些前身——人是有前身的吗？这问题好笑，不是人会有前身，而是前身就会找上门来，因为你需要，要印证某种东西。其实每一个前人都是后人的前身啊，这是印在灵魂里，刻在骨子里，融在血液中的一种东西，看看这些句子就有这样的感觉：

林花谢了春红，太匆匆，无奈朝来寒雨晚来风……

雨是一样的雨，但感觉会有大不一样处。这却是奇怪：欧洲人不会把雨当成一个叫人伤感的东西，因为他们对时间的理解和中国人是不一样的。雪莱的诗里是怎么说的：飘荡着快来的暴风雨的发辫……从这浓云密雾之中，将会奔涌：电火、冰雹和黑的雨水；啊，快听——“快把我的话传给全世界的人：冬天来了，春天还会远吗？”哈，好像这春天一来，时间就会自动终结，幸福将如约而至，一切问题就都解决了，黑暗、严寒、不公正的一切就可以自行瓦解或消亡……而按照我们祖先的看法，大自然中存在的不仅是简单的“进步”，更是永恒的“循环”，冬天来了，春天固然已不远；可是春天来了呢，时间的脚步并没有停滞不前，夏天和秋天就会接踵而至，冬天还会再度往复循环，一切被诅咒的事物还会如期再现。时间本身并不存在一个简单的伦理划分，更不会有“进步”和“发展”。就这一点看，雪莱还是年轻啊，虽然是个诗人，但还不懂得哲学。

所以那李后主看见春天来到的时候，就比小资的雪莱更显得沧桑阅尽，他所看见的是寒雨摧谢了花朵，晚风蹂躏了春红，这实在比严冬更残酷，所以，他所抒发的情感就是和雪莱完全不同的伤怀了——胭脂泪，相留醉，几时重？自是人生长恨水长东。

这境界不独李后主，连一个涉世未深的少女也懂得，林黛玉不就总是手把花锄偷洒泪，洒向空枝见血痕吗？

……

安德丽亚说，能不能讲个什么有意思的事情？她把车子开得飞快，在去巴伐利亚的路上。

我说，好啊，可是讲什么呢？

中国的，什么都可以，只要有意思。

那就讲讲一位女诗人，还是山东的，你见过的，还一起合过影呢。

是谁？

李清照呵。

呵呵，是的，就说她。

那咱就说说一个词：绿肥红瘦……这慵倦的少妇一夜听春雨，早上懒懒地躺在竹榻上，还不肯起床，就问仆人，我听昨夜风雨之声老大，咱家的海棠咋样了？那仆女心下想，哼，不是明知故问吗，你说咋样了。不过那嘴上却是应付她，啊啊，还好啊，好着呢。这少妇听了，也想，你个小妮子，当俺是傻瓜呐？正想生气发火，哎，这诗就来了——“知否，知否，应是绿肥红瘦?”啊。

那“夜雨芭蕉”呢?

我知道她又在说她那张照片。一年前，我给她在那清照祠前的芭蕉下照了一张相，但是奇怪得很，后来所有照片都洗出来了，却是没有这一张。说不准是哪儿的问题，单单是这一张，没有。

也许是幻觉吧，没有照得成。不，不是幻觉，是照在灵魂里了。我们已经讨论了几次。

那时她说，为什么要在这里照?我说，这是很有诗意的呵，古代中国有个词叫——夜雨芭蕉。那是什么意思?我便很有点郁闷，竟然不知道夜雨芭蕉——一个很不好过的雨夜呵。怎么会?下雨，那不是很好的事情吗。哎，你们西方人就是舒服呵，没半点愁苦……哼哼，我终于明白了，是芭蕉不好过，又不是你不好过，这很虚伪呐。她终于耸了耸肩，不怎么情愿地“咔嚓”了一下。绿肥红瘦。

肯定是错过去了，它和她，不然怎么会是个空白?

但它此刻却叫我明白，它一直是守着我的，不是突如其来，而是一直就伴在窗台间。

欧洲的雨下着，不知遥远的东方是否也在下?夜深沉，心如麻。

梦巴黎

在遥远东方的屋檐下不难找到这样的牌匾：梦巴黎。一点也不夸张，在任何一个城市，都可以找到这么一家，甚至会有许多家以此为名字的发廊、时装店、咖啡馆……从20世纪30年代的海上繁华梦，到如今变得面目全非的乡间小镇，这块牌子被花花绿绿的霓虹灯管装裹着，闪烁在贫穷但又充满着富贵与浪漫之梦的东方之夜里。

可见巴黎不是一座城市，而是一个梦，一种迷狂，一个神话。

有太多的东西可供想象：诗歌和玫瑰，骑士和爱情，杂色的人群，灯红酒绿的海洋，富有的黄金之都，流浪者与冒险家的乐园。

甚至革命。暴风雨的呐喊，自由的旗帜，血雨腥风的空气，一切的一切，伟大的和渺小的，圣洁的和龌龊的，富丽辉煌和神秘传奇的，汇聚在一起，它们变成了一个梦，一种充满了蛊惑意味的气息，弥漫在地球的各个角落里，成为一种先验的诱人的东西。

理解巴黎是从想象开始的，而这想象似乎很难和巴黎这座城市有直接的关系，巴黎是一种理念，一种永恒的关于时尚、艺术、精神和生活的先入之见，它就建筑在纸上，坐落在传说里。你听见哗哗作响的马车铃声，那是19世纪的巴黎，你听见美妙华丽的音乐，那是莫扎特的巴黎，你听见隆隆响过的炮声，那是拿破仑·波拿巴的巴黎。

一个不可想象的存在，一个尤物。

《1804年12月2日拿破仑一世加冕礼》（1806—1807），局部，雅克·路易·大卫作，罗浮宫收藏

我由此想，当年德国人的飞机飞临它的上空时，为什么法兰西人马上放弃了它，因为放弃就是保护，以避免玉石俱焚。用巴黎为代价和希特勒开战是不值过的，最明智的选择就是以退为进，巴黎将以它妖女般的魔力，征服那些征服者，任何一个，不是用枪弹和武力，而是用肉体、气质、品位，与生俱来的高贵，甚至诱惑的奢靡和堕落的生活方式。就像历史上经常发生的那样，巴黎无需战争，巴黎是战无不胜的。

因此小偷和冒险家们来到这里，流浪汉和乞丐们来到这里，拉斯蒂涅、玛格丽特、卡西莫多和艾丝梅拉达们来到这里，没有他们就没有巴黎。就像塞纳河上曾经漂浮的垃圾、污秽甚至腐尸一样，这座城市必须要汇聚它所应有的一切，美丽和丑陋，卑俗与浪漫，肮脏与高洁，一切的传奇和艺术。

《蒙娜丽莎》，达·芬奇作，罗浮宫收藏

《维纳斯、林神和丘比特》，考热雷作，罗浮宫收藏

因此伏尔泰也来到这里，孟德斯鸠来到这里，巴尔扎克和雨果来到这里，兰波和魏尔仑来到这里，马克思来到这里，周恩来和邓小平来到这里，就连希特勒也来到这里。他不可一世地站在艾菲尔铁塔下检阅他的占领了

巴黎的军队时，那副得意神情，好像是圆了一个乡下佬儿的梦。

……

一条河给一个城市灌注和滋养了梦幻的色彩，塞纳河的波光使它成为一个梦。

我常想，如果不是它们互相遇见，一个城市就永远是平平常常的城市，一条河就永远是一条平平常常的河，它们谁也不会有如此的名声，更不会走进罗曼司和神话。可是它们遇见了，在一个文明的拐弯处，这一遇见，就几乎改写了人类的历史。

巴黎，静静地躺在塞纳河的波光里。河上的一切光与影，都被它摇漾成金子和宝石，然后又折射到游人的梦里，开成绚烂的词语，无言的叹息。

在最初，每一座城市都是被一条河养大的，在这个意义上，河是城市的母亲。但世界上没有哪一座城市和河流的关系，是如此地紧密到不可分的程度。她不但创造了他，还使他具有灵魂，灵气，而他，则反过来把她打扮得如此华贵富丽，使她如此精致妖娆，名声显赫。这是不可思议的一种互相创造的关系，因为这样的创造和激发，使她们彼此拥有了如此充沛的激情和不衰的活力，拥有了无所不在的自由意志。

自由，是的，塞纳河是它的标志。很少有哪一座城市能像巴黎这样，经历过如此多的令人不解的血与火的岁月，经历过如此多的专制和自由的肉搏。鲜血，红色的塞纳河，是人们关于巴黎之梦中最壮丽和最血腥的一部分。这不但是梦，还是谜。在那样的时候，自由和专制不但是敌人，而且也雌雄同体。雅各宾主义者是最典型的例子，他们用革命的专制缔造了平等和自由之梦，也因为这专制而把自由的鲜血和尸首抛进了塞纳河。

巴黎歌剧院的演出海报

有一个中国的诗人对巴黎的诠释，我以为是传神的。他也许是 20 世纪 70 年代的一位天才，一位没有留下太多作品的诗人。但他为纪念巴黎公社一百周年写下的一首诗，却足可以传世。这样说的理由是，他把革命和自由的关系，做了最准确的演绎——简单地说，他是把一首“红色的诗歌”，同时也写成了“蓝色的文本”，让革命离开了政治的浮云，而变成了精神的永恒——

奴隶的歌声嵌进仇恨的子弹
一个世纪落在棺盖上

像纷纷落下的泥土——
啊，巴黎，我的圣巴黎
你像血滴，像花瓣
贴在地球蓝色的额头

黎明死了
在血泊中留下早霞
你不是为了明天的面包
而是为了常青的无花果树
为了永存的爱情
像着戴金冠的骑士，举起孤独的剑

好个孤独者的剑！革命和自由，显见是一种冲动，一种永恒的真理和正义之梦。真正的革命者从来不是为面包而战，而是为了理念，为了虚无的梦。这就是巴黎，法兰西的精神所在，它永恒的魅力。

这个曾经年轻的诗人叫依群，也叫齐云。那一年他24岁。在一个昏聩的黄昏他写下这样的诗句，不能不说是一个奇迹。

这奇迹自然是拜巴黎所赐。

老旧的房屋和年轻的精神，这也是巴黎能够成为一个梦的原因。没有年轻就不会有梦的躯体，没有老旧就没有梦的温床和氛围。某种意义上，是外省的青年们给巴黎带来了不竭的欲望和生命力。就像塞纳河水，一脉脉一股股从远方流来，再向远方流去，是他们创造了巴黎，使它不断地老去，又再一次焕发生机。关于巴黎的故事，差不多都是如此。巴黎，它具有这样的能力：它把世界很武断也很笼统地就变成了“外省”，根本不容置疑，它有这样的自信，因为它天生就具有这样的魄力。它或者让那个年轻人飞黄腾达，或者让他头破血流，但这都是它的魅力的一部分，年轻人前赴后继，刷新着城市的每一天。

每一座房子都有不止一个的故事，在这座善于偷情的城市里，爱情的罗曼司，娼妓的皮肉生意，曾在那层层的帷幕里和烛光中，上演了多少欢乐和哀情的戏剧。仿佛那哀歌的旋律还在河上回荡，脚下的每一粒尘埃还留有玫瑰的残香。没有哪一座城市能像它这样，用蜜语甜言和欢宴歌舞演绎着每一寸日常的生活，把每一分肉欲和滥情都渲染的如此绚烂迷离。巴黎，每一扇窗户都是一本书，每一小块窗帘和帷幕之后，都是一个激情四溢难以想象的谜。

值得把青春和热血奉献给它。就像于连和拉斯蒂涅，站在巴黎入口处的塞纳河旁，对着它说，嘿，巴黎，你好吗？我来了。这样的故事在每天都要发生许多，他们失败了，但也像斗技场上的英雄，虽败犹荣，因为他们的面前是巴黎，再大的代价也在所不惜。他们的成功和失败，也早已成为巴黎的一部分。

从艾菲尔铁塔上看巴黎，那些站在远郊的高楼，就像是一些刚从外省赶来，排着队想挤进巴黎但又不得的粗俗汉子，显得那么莽撞和没有教养。他们像暴发户，一帮来自乡下的资产阶级，穿着高档挺括但又永远不会得体的衣服，带着铜臭和僵硬的外地口音，高大但很自卑，他们在优雅和贵族的巴黎面前没有任何优势——要知道，这种优势在世界上几乎任何一个地方，都有无可争议的权威和不可抗拒的力量。可这是巴黎，在巴黎的高傲和不可思议的风姿面前，他们是一些猥琐的求婚者，或是一些没有见过什么世面的嫖客和乡巴佬，无法不显得寒碜和局促。这就是巴黎。

巴黎给了世界以多大的影响？没有人能知道，更无法计算出来。但我知道人们关于现代城市的生活与文化的想象，差不多都是来源于它的蓝本。伦敦、柏林、罗马，甚至纽约，都没有能够像它那样，成为一个“梦”，尽管它们同样在现代人类的城市文明史上有不可替代的地位。显然巴黎是有它特殊的东西，是什么呢？我说不清。反正，它一定有一种东西和人性中最普遍和基本的东西相合拍。

在蒙蒙的雨雾中，我试图寻找这种东西。也许是和这季节有关系，冬日的巴黎在我的眼里是灰暗的——甚至于可以说是陈旧，灰蒙蒙的天气，说不上宽敞的街道，难得见到的绿意，颇有些千篇一律的中世纪的楼群……根本不存在那种近乎夸张的想象中的花天酒地和纸醉金迷。巴黎一点也没有“出格”的眩目烂漫的东西，甚至“时装”，那也只是在演出会、歌剧院或者什么特殊场合里的穿戴，倒是不时见到的中国人，在这里衣冠楚楚地出入穿行。我不知道究竟是什么东西，使得巴黎让世界对它如此充满了匪夷所思的想象力？

圣母院的烛光

来到它面前的时候，淅淅沥沥的寒雨渐渐下得紧了。

晚祷正在进行。世界上大约没有哪一座教堂，其弥撒的规模能跟这里相提并论，庞大而幽暗的世界里，烛火正燃烧着，神甫站在台上，做着讲经的演说，声调高昂，令听者静穆。间或响起唱诗班的歌声，管风琴奏鸣着，巨大的声音如同穿顶的电流，让人有一种被贯透的战栗和被施洗的庄严。

圣母院内，祈祷者点燃烛光

可能所有教堂建造的目的，都是要尽量使人显得渺小。所以每一座教堂给人的感觉，都是一种叫人难以企及的高度。这还只是外观，而它里面的实际容积，更远远超乎人们在外面的想象。巴黎圣母院也是如此，何况从外观上它就已经够大了，因此里面格外幽深的世界也就可想而知。人在这样的空间里，不能不叹服神学的力量，感受到它神秘而难以抗拒的召唤。人就这样创造了神，即使在现代科技已经征服了太空的时代里，人类还是愿意承认自己的渺小。至少在这一刻，他们是虔诚的，谦卑和渺小的。在这样的世界里，你就知道，科学和宗教并没有发生什么必然的冲突，世界仍持续着它古老的逻辑。

这是令人感到奇怪的，其实是形式建立起了内容。如果没有这样庄严神圣的建筑，没有这样的弥撒和讲经人的布道，没有颂诗班恢宏和谐的歌唱，神何以会存在？形式创造了神，神又反过来安慰和引领着人的生存，他显示和证实了人的渺小，但也把他们凝聚在一块，让他们彼此相亲，产生出如此巨大的能量。

这样的游戏令人类快乐，乐此不疲。

布道的人和参观的人，分列成了两个截然不同的世界，仿佛演员和观众，但那演员又全不顾及观众的存在。那一刻，我知道了过客的含义，我身临这庄严世界完全是一次不成比例的撞击，只是这撞击显得如此柔软，充满奇妙的吸力。我感受到了这召唤的力量，但却不会去完成一次精神的皈依，因为我不是上帝的选民，我有自己完全不同的肤色和语言。金色头发的、永远哀怨着的圣母，不属于我。我们的圣像是那种皮肤粗糙、白发苍苍的东方慈母，她或许只是一个农妇，不令人们崇拜，可作为母亲，她同样使人怀了朴素的敬意。

我无言地立在那微微颤动的烛光里，近前的观众也都那样默默地站立着，对这盛大的文化和信仰的礼仪，表示着敬畏。不过那时我注意到，更多的游客也只是四顾张望观看着教堂里的陈设，去辨认灯影里闪烁着的巨幅壁画，各种各样宗教题材的雕塑，他们在这世界之内，更在这世界之外。还有的人，他们大约是那种有钱的“还愿”者了，正往捐助箱里投着花花绿绿的纸币，或向卖蜡烛的神职人员付钱——通俗一些说，那应该相当于东方的一种“香火钱”罢。

游人和香客，还有做弥撒的人，在同一座殿堂里，甚至他们的身影也都彼此混杂，像一场正在演出的戏剧。这也是神的意志吗?

晚祷的仪式可谓繁文缛节，颂诗一遍遍地响着，我站在那儿，有点愣神儿。因为这样的气氛，如不是亲临感受，几乎是难以置信的，所有的参与者都如此投入，一丝不苟。或许这仪式已经延续了几百年，但要知道，这可是巴黎，是酝酿了世界现代文化、并引发了近代以来的世界历史的巴黎，公社和革命、血与火的风云际会的巴黎，也是欲望的、世俗和消费的巴黎……它喧嚣着，颤动着，而这一刻却在歌声里安静下来。也许此刻拖着长腔的讲经人和高声颂歌的人们，一会儿就要脱下他们的长袍而驾车回家，或是去酒店、歌剧院、咖啡馆，去灯红酒绿的娱乐场所，去享受世俗的生活，但此刻在这庄严世界里，神仍然是“临场”的，圣母和圣子的确存在于语言里，人们的心中……

从建筑学上讲，圣母院教堂是一个奇怪的混合体。它把根本不同的建筑风格捏合在了一起。有人说，它是一个从罗马式建筑到哥特式建筑的过渡的典范，这个说法应该是很有道理的。在欧洲的建筑史上，罗马建筑是最典范和最完美的古典艺术，它继承了埃及和古希腊的建筑艺术的理念，并留下了丰富的遗产。而哥特式建筑却一度被认为是野蛮人的产物。在今天其实也可以看出，罗马式建筑的大气和雄伟、和谐与开放，以及它所象征的民主和公正的精神，同哥特式建筑所象征的神秘与古怪、精细与森严的中世纪神学与美学理念，的确是形成了十分鲜明的对照。当然，这样的问题在西欧地区界限是相对清楚的，在东地中海地区就要复杂得多。因为那里的文化，包括建筑艺术，是古代的苏美尔、巴比伦、希腊、埃及、亚述帝国、拜占庭和阿拉伯等众多文化渊源的杂交产物。曾经横跨欧亚非三大洲的罗马帝国，虽曾拥有庞大的疆域，但最终却仍陷于分崩离析，从根本上讲，文化比土地甚至民族更难统一。在这样的背景上看，巴黎圣母院就很有意思了，它恰恰是多元文化的产物，本身就凝聚了历史。

其实，对很多游客而言，到巴黎圣母院不是来“朝圣”的，而是参观一座著名的建筑。因为它是巴黎历史的象征，同时也是传奇和神话的所在，伟大的浪漫主义者雨果就以它为题，写下了一部怪诞传奇的巨著。对我来说，这样的冲动其实是更强烈一些。我知道我的激动完全是因为一部小说，还有从电影和风光画片里所诱发的想象憧憬。我想起了那个在这里出入和遭遇尴尬的“流浪诗人”甘果瓦，法兰西的诙谐荒诞和神奇浪漫，在最早是通过这个诗人，还有那个美丽的吉卜赛女郎，在我心中刻下了印象。是雨果在某种意义上光大了这样一座建筑的美学意义，他的小说和这座有着近千年历史的建筑，实现了一次伟大的交互辉映，它们彼此因为对方而不朽。

数字会增加历史感，从入口处拿的一份英文资料上我看到，圣母院的第一块基石奠定于 1163 年，大约整整两百年以后，建筑主体才告完成。又一百年之后，发生了雨果小说中的巴黎圣母院故事。这样的历史不能说太古老，但却是丰富的。在这个千年中，法兰西经过了中世纪的宗教黑暗，也经过了人文灿烂的文艺复兴，经过了狂飙突进的启蒙运动，诞生了现代历史上第一个民主共和国，也经历了地狱般的两次世界大战……巴黎已经历得太多太多。

但历史毕竟不会说话，没有雨果讲述的故事，或许历史也就不那么生动和引人。故事当然主要是“编”出来的，但据说雨果之所以动议写这样一部小说，一个很重要的目的就是呼吁对巴黎的古典建筑、特别是哥特式建筑进行保护。这和 19 世纪浪漫主义运动复活中世纪文化的主旨是一致的。某种意义上，它也为哥特式建筑正了名。

巴黎圣母院的背面全景

圣母院的正面是一座门形双体的城堡式建筑，如同一个巨大的“H”，这与通常的哥特式天主教堂的格局是相近的，但它的顶端却没有尖形的塔楼，而是一个平台。它的拱门和砥柱显然带上了罗马式的风格，但后面的长形主建筑则是与一般的天主堂相近，尖形的拱顶，有各种精细的石雕和十字架形的装饰。这就产生了一个奇妙的效果，从正面看，它像是一座壮丽堂皇的罗马式城堡，从侧面和背面看，则是一座森然肃穆的哥特式教堂。而且，如果我没有搞错的话，在正面的三个大门上方的拱形装饰中，似乎还借鉴了东方佛教建筑的形式，三个大门看起来就像三个巨大的佛龛，“桃尖”形的拱门上，刻满了精致的宗教人物与图案。但这东方风情的装饰，与整个建筑的格调竟是如此地浑然一体。

有人说，夜景中的圣母院是最美的，此言看来不虚。我来到了圣母院正面的广场上，寒雨并没有打消我的兴致，雨幕和交织的灯光更增加了它的神秘与魅力。而且，当这广场上游人稀疏冷落的时候，其实是更适合一个人默默地走一走，作一番遐思和追怀的。那时，我故意和友人分了手，独自一个人在雨幕里驻足了许久。我在想，雨果是怎样想象在这广场上那些惊心动魄的故事的，其实世间的事物大都是需要想象来创造的，19 世纪 30 年代法国的风云，剧场里的狂欢暴乱和风靡欧洲的中世纪情绪，给了雨果以想象的勇气和无限的空间。他因此写出了这里的断头台，写出了那些仿佛从地下涌出的“乞丐王国”的沸腾的人群，写出了神学世界里阴险和变态的修道士，还有美丽的吉卜赛女郎与丑陋的敲钟人——神甫的奴仆卡西莫多之间的传奇爱情。“在郊外的墓穴里，人们发现了两具紧紧拥抱在一起的尸骨，当人们试图将它们分开的时候，它们就倒了下去，化为了灰尘……”换一个时代，这样的结尾你就难以置信，那不是小说，而是童话和诗。这是中世纪罗曼司的回光返照，它曾经用荡人魂魄的力量，让无数人对爱情的神秘魔力产生了新的理解。它让人追怀，也许浪漫主义时代的人们是最有福分的，一切都是那样地充满着色彩，他们和梦想与神话、不可理喻的奇迹之间，总是有着不解之缘。

相比之下，今天的人们就很有些匮乏了，虽说这是一座以浪漫著称的城市，可是真正的浪漫在哪里？你恐怕很难看见。塞纳河的水依然汹涌地流着，却没有故事；游人如织，但他们彼此间都是不搭界的匆匆过客。

……

需要在最后交代一句的是，我在灯火阑珊风雨栖迟的圣母院的广场上照了好几张夜景，原以为效果会很好，但没想到却一张也没有洗出来，直到如今，我也不知道究竟发生了什么。

与维纳斯对视

在烛火一样的光线下，她是冰冷的。沉静，活脱，超越一切美丽与和谐之上。

我知道，这样的相遇本应是在云端，或者至少，要在生命的雪线以上的，如果是在大地，也一定是在神殿之中。然而我却是在颤抖的地平线以下，在巴黎，在罗浮宫梦幻般安宁然而又窒息的地狱里，见到她。对我来说，这一切都已经太熟悉，我相信这不是初逢，因为她已有了无数个变体，大大小小的仿制品，我也曾拥有一座，是材料低劣的石膏，做工粗糙马虎，但那并不妨碍对话。在我个人的历史中，她的每一个部分我都是谙熟的，在已经褪色的时光里，她曾冷美逼人，婷婷而立，高居在我的尘世与记忆之上。

伟大的艺术可以原谅仿制，即使是粗劣的仿制，因为它属于全人类。

带着积久的倾慕，我的心在加速跳动着，血在向着她的方向涌着。可我还是停住了脚步，在五米远的距离，我静静地站住，屏息凝神，因为我知道我正在靠近一个时代，一个逝去了的然而又永存的时代，一个真正充满灵感、激情和创造能力的时代，一个高迈和纯洁到不容亵渎和侵犯的时代。我害怕自己的目光会对她有一丝污染和灼伤。从她面前走过的人太多太多，人们吁叹着，蜂拥着，灼热的目光扑过去，而她却像高贵的公主，只是向着最远的远方期待着什么，对眼前的一切全不以为意。这是怎样冷酷的一个创造，她让人相信，有一种距离是永恒的，所有的爱慕对她来说都是一种痴心妄想。对于这样极美的事物，我宁愿在稍远处观察她，像对一位世间的绝色美人。肉身的鄙俗与羞怯，足以使我止步。

我看见了圆润的光，不朽的线条，美的极点。仿佛温柔的火焰，恰到好处地燃烧着，但又不至于把她烧毁。她使冰冷的石头发出温度，具备了生命的活脱与力，她的光是多么和谐，使石头变得柔韧，那么富有动感。她是热的，来自生命的热力，少女的体温，青春的光焰。衣服自然地滑落下去，让胴体显露出来，让生命蓬勃起来。她叫人相信，羞怯、道德、欲望、悲欢，这些意识的活动，在艺术中永远是处于次要的位置，只有生命，自然率真的、蓬勃丰盈的生命，才是第一位的。它本身就是艺术，是艺术的本然。

在艺术的世界里，其实并不存在一个时间的伦理，正像一个人渐渐长大了，但他并未在所有的方面都超越了自己的童年，特别是在纯洁的意识和生命的完美上。就像一个人的长大，却越来越丧失了最初的可爱。其实正是童年的纯粹和敏感，才更接近于艺术的本源，而后来很多东西实则是渐渐变丑了。人类艺术的历史就是这样，一个个世纪过去了，一个个伟大的名字相继诞生，而艺术却变得越来越支离破碎，丑陋不堪。人类只好在求奇求怪上下工夫——这当然也是注定的，就像一个人，总要告别他纯美的童年，该发生的一切都要发生。但在他的一切经历中，最美的回忆，依然要属于他的童年。

维纳斯是属于童年的，人类的童年。而且这是发育最为完善的、天然

《米罗的维纳斯》，希腊化时代的艺术，约公元前 100 年，罗浮宫收藏

和完美的童年。怎么会诞生如此不可思议的作品？在这躯体上，我寻找那个伟大的创造者的踪迹，她已经远逝，如同风和地中海的空气。我只好相信，宁愿相信，这是上帝的杰作，是上帝通过一双人手创造出了她——我只能如此解释。

还有沧桑的岁月，意外的损磨与创伤。这里充满了不朽的哲学，一双手臂失落在遥远的风里，时间又将它埋葬。这让人怀疑，是否有另一双神秘之手将它拿走，以凸显这不朽的完美？这是一个奇迹：当它们在时，美才是刚刚孕育，而当它们消失，这个杰作才最后诞生。这就是奇迹和哲学，你难道不这么认为吗？这是神的赐予，命定要出现的奇迹。

……

这是天籁，凝固的音乐，无论什么样的语言和比喻在这里都黯然失色，当她那一小步恰到好处地迈出时，世界为之动容，一片肃穆。你看到造物的引领，正将文明之门徐徐打开，人类的丑恶和一切病态的思想，都将从这里得到澄清。因为在她身上，破碎的世界和滑向深渊的道德已面临拯救，她会使你相信，人类向善的力量不是源自意识和某种外力，而是源自它不朽的本能。

真正的蓝本其实也是人类自己，神并不简单地高居在人类的上方，即使他们是属于奥林匹斯山的，他们也仍然有着比人类更天真和幼稚之处，维纳斯也不例外。她的虚荣、妒忌、褊狭甚至于报复心，都使她看起来更像一个女人，但她是美丽的女人，一切女人的美丽的集合，在她鲜活的生命的身体上，找不出一丝一毫的缺点，她内心的弱点被艺术家原谅了，这同样源自伟大的人性，纯洁的童年的善良，艺术家把她的美放大的极致，把一切人性的弱点小心地予以剔除。从她身上，你可以看出人类对完美的追求，是多么专注和成功。

她也在思乡吗？在她深邃的眸子里，我似乎看见了一丝不易觉察的忧伤。她应该知道，这是巴黎，是罗浮，这里为灿烂的文明搭建了最好的宫殿和舞台，把她安放在这里是最叫人放心的，但她却永远地告别了自己的诞生之地。从地中海灿烂的阳光下，从伟大的希腊，渡越到辉煌的罗马，最终被关禁在这幽暗的异国世界里。她和周围这些雕像，应该为自己的本来的民族感到一丝丝悲哀，她们不但自己忍受着无尽的孤独，而且使诞生她们的东方也一片荒芜，因为那里只剩下了瓦砾和废墟。伟大的古代文明，是随着她们的失散而陷于败落的，当年的强盗如今变成了艺术的保护者和拥有人，这也是叫人无奈又难以理喻的。世界的逻辑竟然是如此的荒谬和不公。

哲人说，是一座神殿确立了大地，是她“使大地成为了大地”。如果这是一个真理的话，那么是什么确立了一座神殿？那就是女神。而现在，女神离开了她的神殿，她的世界也就变得脆弱不堪了，神的世界已是一片废墟，所谓博物馆也就缘此而诞生了。而当人们不是在大地之上、神殿之中看到她，而是在幽暗的地下展览室里与她相遇的时候，无论如何都应该有一丝悲哀和怜悯——不是对神祇，而是对人类自己。

巴黎漫记

到巴黎不登艾菲尔铁塔似乎是不可想象的。我说不清，登上这座巨大的钢铁支架到底有什么意义，也许只是一个约定俗成的规矩？好似外国人到了北京不登一下长城、逛一下四合院便“不成游”。可那毕竟还算是传统文化，而艾菲尔铁塔论历史也不过一百多年，充其量只是工业时代的神话，或一个关于“现代社会”的想象而已，同那些古老的历史建筑，众多的艺术博物馆相比，这不过是为了满足“到此一游”的虚荣而已。

可它已经这样不容置疑当仁不让地成为巴黎的象征。可见它的意义还是非同一般。有人说，这是得益于设计者的创意和思想，艾菲尔铁塔同巴黎的一切旧的事物是这样奇怪地保持了和谐，它似乎是真正继往开来的一座建筑，钢铁的建筑和原来多少个世纪里那些古老的石头之间，保持了如此完整的统一。可在我看，这一切不过是时间的杰作，遥想那时，这铁塔初立，必是一个看上去鲁莽和突兀的家伙，一块巨大的钢铁，宛若身穿铁甲的堂吉诃德闯入了羊群，一个粗暴的侵犯者孤零零地陷入了敌阵，说不上有什么好，当年那些骂它的设计建造者的人未必就是没有道理的。但时间巧妙地改变了这一切，时间使新鲜的东西渐渐变得老旧，使后来的融入了先前者的行列，使不和谐的东西之间慢慢变得和谐起来……这真是很奇怪的道理。在欧洲古老的城镇上，我们可以看到各个时代的完全不同风格的建筑，包括反对中世纪样式的文艺复兴建筑，它们现在竟是这样和谐地并肩站立在一起，这都是时间的奇迹。

高空的风呼啦啦地大起来，人也开始累得气喘吁吁。登艾菲尔铁塔可以概括为“两头受罪”，在到达电梯之前，先要爬上差不多十层楼高的基座，然后排队乘电梯到达主体部分的顶层，然而要真正站在极顶处观光巴黎，还要再爬上许多英尺。那里人多得摩肩接踵，还要忍受冷风甚至寒雨的侵袭，如若有“恐高症”，那可就是自讨苦吃了。爬到了这个高度，真的怕上帝有所不快——总觉得那塔身在摇晃，会在某个顷刻间晃向一边，不再复位。那可就是由天堂之路，跨向地狱之门了。

雨点打湿了外衣，我终于还是站在了这座城市的最高处。灰色的巴黎摊开在我的眼底，仿佛一块被啃食得有些狼藉的巨大蛋糕。在这高度看这城市其实是丑的，一切都灰蒙蒙的，精巧的细部的巴黎不见了，代之以一个平庸和粗糙的世界。我想起了奥林匹斯山上的众神，他们每日必是这样看着下界的人类的，看着小如蝼蚁的他们，在世间蝇营狗苟徒劳地奔忙着，心中感到无限的愉快。此时我也想，这城市里那不可一世的辉煌和豪华，现在全已变得微不足道；这世界里那些蝇争和纷扰，也全然被隐进了大地的尘埃。对于这些此时站在高处的人来说，这是否也是一种启示和净化?

果真这样，那这趟艾菲尔铁塔也算没有白登。

逛巴黎不能不乘地铁，而巴黎的地铁是非常奇怪的，因为塞纳河蜿蜒穿越的缘故，地铁便不得不穿行在“地狱”与“炼狱”之间。一会儿地下，一会儿地上，一会与塞纳河同行，光线的剧烈变化，使人宛若有出入于冥界和人间的幻感，还真有点儿刺激。

据说巴黎的地铁有五个系统，外来的人一时很难熟悉，不免会稀里糊涂搭错车。我们当然也少不了犯糊涂，只好一到没有把握的地方就开口问，问的多了自己也觉得好笑，真好似刘姥姥进了大观园，乡下兄弟来到城里。巴黎的人好像都不怎么喜欢说英语，这一点和德国不同，在德国连超市里的售货员也都会讲英语，巴黎就不一样，你问他，他的手一摊，冲你摇摇头，或耸耸肩，脸早已转向别处。你也没办法——巴黎人什么没见过？牛着呢。

后来我们找到了窍门，其实很简单，搭眼仔细一看，黄皮肤的人多着呢，隔几个人差不多就能看见一个，上前一问，运气好了是讲南方话的中国人，运气差也许就会遇上叽里呱啦的日本人、韩国人甚至越南人。后来仔细一琢磨，虽然都是黄皮肤，但气质神态还是有差距吧，什么区别？似乎很难说出来，但直觉会告诉我们他们之间微妙的不同。于是后来就先猜度一下，倒也管用，还真很少猜错。再后来，我们干脆耐心看图示，一两天以后问题自然解决了。

来巴黎的第二天傍晚，出了一件事，把每个人都吓了一大跳：同行的友人把十岁的儿子丢了。上午我们去凡尔赛，下午回来的时候已是傍晚，在塞纳河边穿越一座桥的时候，这小家伙因为一直在踩着一个自行的滑轮车，总远远地跑在前面，在应该拐向东面的路口处，不知道跑向了哪里。初时没人注意，以为他又远远地跑在前面呢，但一直等我们回到住处也没见这小家伙的影儿。进了旅店的门，大家已经累得几乎就要瘫掉了，可问主人孩子是不是早到了时，主人却说不知道，大家的汗便下来了，毛孔里直跑凉气——要知道这可是在巴黎，不是在国内的某个街巷子里、集市上。

孩子的母亲已经止不住眼泪下来了，孩子的父亲则在强打精神地安慰，但也显得很没条理，倒是房主有主意，他叫我们先按照原路返回去找，他

凡尔赛宫外景

则打电话询问警察局。大概孩子不会这么快就惊动警察，警察局那边说不知道，但答应帮助寻找。我们这里就顾不得腰酸腿疼，赶紧按来路往回跑。

孩子的父亲大概有点数，因为他带孩子的时间比母亲长，所以径直回到那座面临十字路口的桥头，而我和他的妻子则分头往另外的两个方向去找，大家约定走出两个街区之后就再返回来，在桥头会面，不见不散。因为没有手机，彼此联系不便，别等到孩子找到了，其他人还在瞎跑路。就这样，我去了南面，孩子的母亲向西面，他的父亲则向北越过塞纳河走原路去找。

天已经完全黑下来了，我在凄凄沥沥的晚雨里，啪嗒啪嗒踩着满地的落叶，一路心焦地沿着一条没有搞清名字的大街，疲惫地往前走着。眼睛努力地搜寻着街道两旁，看看有没有那个顽皮而可爱的孩子的身影。也是因为发急的缘故，好像四周都是孩子的影子，可揉揉眼仔细看时，知道是弄错了，遂再满怀失望与焦虑地继续向前。就这样我走过了两个街区，还是一无所获，只得失望而归。看来只有寄希望于警察了，但愿这里不会有拐卖儿童的坏人就好，我一路暗暗念叨着。

没想到，当我返回那座桥头的时候，孩子和他的父亲早已经等在那里了，小家伙耷拉着头，他的父亲则虎着脸还在训斥他，我赶紧上前劝阻，不管怎么说，只要孩子找到了就好，谢天谢地，总算没发生什么意外。于是就等着孩子的母亲，谁知又过了将近一个小时，还是没见她的面，不免又开始为大人担心起来，难道她也走丢了不成？许久，我们才看见她那娇小的身影，从西面的街道上蹒跚而来，大概也是疲惫和失望之极，走路都走不成样子了。当她一眼看见自己的儿子的时候，哇的一声就哭出来了，差不多是涕泗横流。她一只手紧紧地抱住了儿子，同时，我看见另一只手则狠狠地落在了她的儿子的屁股上。

我终于见到了那位我喜欢的伟大画家的作品，这就是德拉克洛瓦的《自由引导人民》。不知为什么，这幅画总有种叫人热血沸腾的感觉——而那还是缩微在纸上，而今则是在罗浮宫，是巨型的原作。我想，也许正是因为这幅画的缘故，巴黎的某种东西才更加明朗起来，这就是自由的精神。这里称得上是自由的温床和沃土，近代人类的那些最重要的价值，就是在它的旗帜下，在这血与火的交合中诞生的。而德拉克洛瓦，则以他那不朽的艺术之笔，描画出这激荡人心的精灵，这永远定格的辉煌瞬间。

与那些一般的艺术品不一样，德拉克洛瓦的作品属于“宏大叙事”一类，他的巨幅作品可以说创造了浪漫派绘画的一个鼎盛时期。从他的作品里可以

罗浮宫外景，其金字塔形玻璃窗是地下展馆的采光天窗

看出，尺幅的大小有时本身就是作品意义的一部分，只有巨大的构图才会产生这样巨大的视觉震撼。这种感觉是看缩微的复制品所无法体现的。

这个看上去略显得肥硕的女性的身体更切近地告诉我："自由"是有性别的——她属于女性，更确切地说，是女性与母性的合一。她看起来健康而性感，有充沛的活力，激情四射的肉体，几近裸露的乳房，闪着近乎天然而又恰到好处的情欲。正像人文主义的一种根深蒂固的观念，女性和真理是同在的，所以歌德说，永恒之女性，引领我们上升；也正应了一位中国的诗人，一位男性里的"女权主义者"——曹雪芹的说法，女儿是水做的，男人则是泥土做的。男人看上去粗鄙不堪，而女性则清纯洁净。所以真理和自由与她们同在，也就显得很自然和贴切了。

这个有史以来最伟大的女性被法国人到处输出，1876 年，美国独立战

《自由引导人民》局部，德拉克洛瓦作，罗浮宫收藏

争胜利一百年的时候，法国人把她当作礼物送给了美国人。现在她就立在纽约哈得逊湾的艾利丝岛上，体积又增加了数十倍。不过，比起眼前这个原型来，那个自由女神已经被“美国化”了——带上了美国人特有的骄矜和傲慢，豪华与富有，而且她手里那把夺取自由的真实具体的枪，已经变成了象征自由的有些抽象的火炬，她的头上也带上了骄傲的王冠。而王冠的内部据说则是一个“消费”极其昂贵的旋转餐厅。这和最初德拉克洛瓦笔下的自由女神比，已经显然地变了味儿。

每一种所谓的文明都毫无例外地是由血泪铸就。尤其是那种由王权专制留下来的东西——在“昔日的王宫”里，“那金子一样的文明/有我的智慧，我的劳动/我的被掠夺的珠宝/以及太阳升起的时候/琉璃瓦下紫色的影子/——我苦难中的梦境……”一位中国的诗人面对金碧辉煌的故宫曾这样写道。我对凡尔赛宫可以说同样没什么好感，我甚至后悔拿出了一天的宝贵时间去观赏它的奢华——可以说，在这座宫殿里，除了奢华我就没有看到别的东西。

但还是有不一样处，与那诗人说的“东方的秘密”不同，凡尔赛的生活方式体现的是西方人的价值与喜好。法兰西的皇帝也热爱权力，但其皇宫的陈设与森严的故宫还是不一样，皇帝和群臣的座位之间，没有像中国那样永远有不可逾越的界限，他们可以坐在一起讨论问题，也没有必要三叩九拜山呼万岁。这里须由皇帝和贵族一起形成一个“上流社会”，而不是由一个“天子”和皇族大臣一起形成一个专制机器。因为“社会”和“机器”是不一样的，在这个“社会”里，皇帝也需要“社交”，需要感情，需要和大臣一起开舞会，看歌剧，换句话说，皇帝也介入“世俗生活”，甚至要偷自己臣属的女儿或者老婆，这和东方的那种高墙大内隐秘的宫闱生活显然是不一样的。

从那种种陈设中，依稀可以看出现代生活的原形：客厅，卧室，餐厅，皇家的床笫，甚至墙壁间的各种装饰，一切都透着和世俗生活相近似的一面——是豪华的极致，但并不神秘和隐晦，在这样的环境里，皇帝既是霸道的，但更要有高贵的“教养”——不仅是威仪天下的人君，也是风度翩翩的男人。这与被神化了的中国皇帝又是不一样的，他在理论上也只能娶一个老婆，他当然可以和其他的女人偷情，但那就显得很有些麻烦，法律并没有赋予他可以占有一切女人的极权，率土之滨，莫非王臣，他无论看上了谁都是对人家的宠幸和恩泽……其实生活方式并不是无关紧要的，它就决定了人的思想意识。

阅读蓬皮杜

相比罗浮宫和凡尔赛宫那些庞大而富丽的古典建筑，蓬皮杜从外观上看犹如一座阳光温室，让人疑心里面种了什么高大的热带植物。因为它完全不同于古典建筑的庄严典丽，没有那么多精美漂亮的装饰，而完全由钢铁和玻璃搭制而成，可以说半点神秘感也没有，这样的建筑让远道而来的参观者，不禁先自心凉了半截。因为很显然，古典建筑艺术之所以费尽心机

《堕落的驴子》(1928)，萨尔瓦多·达利作，蓬皮杜艺术中心收藏

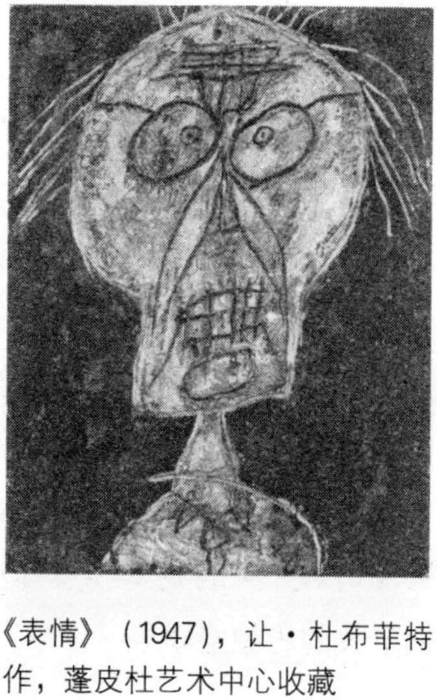

《表情》(1947)，让·杜布菲特作，蓬皮杜艺术中心收藏

与工时，去做那么多巧夺天工的精心雕琢与装饰，其全部理念，无非是要体现其“神人同居”的思想，让人们相信神永远和他们在一起，他们的生存是当然的神的意志的体现，也是“诗意的栖居”——虽然这诗意的代价是昂贵了些。这样的理念为我们留下了丰富而宝贵的遗产，像古希腊和古罗马时代的那些雄伟的建筑，中世纪和文艺复兴以来欧洲的各种宗教建筑，现今欧洲的古典文化传统，大部分是以此为载体而留下来的——中国古代

《提问的孩子》（木块上的漆画），卡尔·埃佩尔作，蓬皮杜艺术中心收藏

的那些雄伟富丽的建筑也都是如此。由于这样的理念，先人们在耗时去修盖那些看起来几乎是人力不可及的宏伟建筑时，差不多是愚公式的前赴后继，往往耗上几代人的努力才能建成，再加上里外那些精雕细琢的各种装饰，更是需要百年的呕心沥血。据说当年米开朗琪罗受命画西斯廷圣母大教堂屋顶的装饰壁画时，整整用了18年！想一想，18年像一只壁虎或蝙蝠一样地高悬在黑暗的屋顶上，那是一种怎样的苦役般的劳动。无论如何，现代人永远不会理解，也永远不会再像古人、像上帝的仆人那样，去无怨无悔地工作了，那样的艺术早已经成为绝世之作。动辄用利润和回报来设定其“投资项目”的现代人，无论其声称多么热爱艺术，他们对艺术的理解同先人相比，也早已形同陌路，变成了神的叛逆和艺术的敌人。

这就是蓬皮杜。它是以艺术的敌人的面目出现，并以其作为艺术之敌人的身份而成了艺术——另一种艺术。这也是整个现代艺术和文学的共同特征，就像现代的诗歌一样，它首先是作为诗歌的凶手，然后变成了另一种诗歌。当我走进这与神祇作对的玻璃房内，沿着那钢铁和胶皮的支架乘电梯爬上三楼的时候，更对这一点深信不疑。因为我首先看到的是一座用数不清的破铜烂铁、玻璃渣子、塑料管线以及艳丽得令人作呕的油漆，涂抹捆扎成的东西，它庞然而煞有介事地蹲在那里，并堂而皇之地印着自己莫名其妙的命名和作者。整个三楼差不多都是这种以“装置”为载体的艺术，我记不全、也说不清它们的作者都是谁，但他们早就被权威艺术研究者公定为大师，否则这样的国家博物馆是决不会收藏其作品的。但它们本身的一个无可辩驳的事实，就是它们作为“艺术”的双重性，即艺术性与反艺术性。它们是两者的合一，其艺术的意义无法自明——像海德格尔所说的，那种在神的启示下的“存在的自明”。它必须借助种种复杂而看起来又自相矛盾的阐释，方能确立它作为一件艺术品的理由。那些用破油桶或机器残片拼合起来的东西，具有无限的任意性，其意义当然可以通过语言诠释来构成，但如果将之扔到垃圾堆里就会分文不值；或者任意从什么废品加工站的铁夹或铲车下找一些出来，都具有同样的意义。问题是，这些在当初是被先锋艺术大师“命名”和亲手处置过的，一旦经过了那样的命名，它们就成了“唯一”和经典。现代艺术的出现，本质中就包含了对艺术的亵渎和怀疑，但它的另一方面却是对职业化和专业化身份的置疑和革除，任何未经过专业和漫长技术训练的人们都可以自称为艺术家，这是现代“艺术”的“革命”之举。哪怕没有任何受众和读者，只对他个人而言

《商品》（装置），本恩作，蓬皮杜艺术中心收藏

就足够了，艺术不再只为贵族和“中产阶级”所有，这大概就是现代艺术最大的意义，罗浮宫、凡尔赛宫富丽吗？高贵吗？当然，但它们毫无疑问是专制王权的产物，是无限制的奢靡的结果，只是我们今天只看到了不朽的遗产，而忘记了其中所凝结的血痕与汗渍。蓬皮杜，体现了平民艺术的价值观，边缘、朴素、随意、离奇，不存一丝一毫的偏见，在这里，权贵的傲慢与奢华被一扫而光。艺术不再是豪华的装点和贪欲的矫饰，不再是身份和财富的炫耀。任何人都可以与它同在，你可以认同也可以反对，可以赞美也可以唾弃。你不必怀着庄严和神圣的情绪，不必表现出崇敬和仰慕的神情，因此也就不会为之所累，不会觉得自己那么渺小和无能。说它是不朽的杰作，或一文不值的垃圾，都是你的权利，是你自己独特的“欣赏”方式。这正是现代艺术的目的。

蓬皮杜艺术中心收藏的中国年画

这么想着，我就接受了蓬皮杜。那些零乱的物件开始闪现出光泽。我就开始发现它们的思想和美，对它们心怀了认同——当然这认同又是那么脆弱，因为它们本身同时又在提醒着我，没有怀疑的认同，同样是对它们的误解，忘记它们是艺术的敌人和不承认它们是艺术，同样是可笑的错误。这种别扭和矛盾，一直当我到四楼看到毕加索们的作品时，才悄然消释。因为这些作品不但表达了艺术的极限，而且暗示了艺术的本源，不但表达了艺术的消失，而且让我看到了它们和艺术的连接点——那些抽象的色块，不知所云的线条，原是从非常写实、非常正统和严谨的艺术作品中一点点变来的，不是随意的胡涂乱抹。从它们那里，可以看出传统经典艺术不容置疑的血脉、影像以及躯壳，那是还带着胎血的汁液的蜕变，无可置疑，而且让人感到亲切和自然。它们展示了现代艺术的另一个“合法”基础，即，它们不是任意和浅薄的，它们同样植根于古代艺术的伟大传统中。我忽然意识到自己悟出了许多。那不仅是和许多原来就出现在书本中的理论相一致的解释，而且还是属于我个人世界的经验。我找了个座位坐下来，静静地对视着它，我心中的蓬皮杜。

当我就要离开的时候，忽然有大批的孩子拥了进来。不知那是不是巧合，前日在罗浮宫、在凡尔赛宫几乎都未发现过成批的孩子，而现在，那些孩子的老师却正在口若悬河地对着壁上的画作讲解，他们显然是在上“外堂”的理论课。虽然无法听懂那些教师的演说，但看孩子们专注的神情，还有不时举手要求发表见解的热情，也同样能够感觉到那课堂的生动和精彩。他们是值得羡慕的，不仅那些大的学生，还有那些显然比幼儿园里的孩子大不了多少的小学生们，他们也俨然是在像大人一样地听着，在认真地发表着他们的意见。

我的脸颊突然有些发热，我感到自惭——为了那些孩子们的自信和骄傲——那是法国人、巴黎人特有的骄傲。我知道他们中的某一个一定会成为艺术的知音，没准儿未来的大师也会产生自他们中间。而那一刻，我突然觉得自己同这些艺术的距离变得遥远起来，远得变成了一个抓不住的旧梦。我想起了自己秋草中的童年，用柴棍、石笔模拟朝霞、铁拳和公社的田垄的童年，不由地长叹了一口气。再见了，艺术之都，再见了，不一样的童年。巴黎，蓬皮杜，你同一个东方旅人的对视只是短短的一瞥，然后擦肩而过。

咫尺天涯

虽说中国人遍布全世界，这是人所共知的事实，但只有到了那些遥远的角落，你才能真正感受到这一点。在任何一个角落里你都会发现同胞的身影，就以海德堡为例，在这个只有十来万人的小城里，光是中国大陆的留学生就有六七百人，这还不包括来自台湾地区的学生，也不包括东南亚等地的华裔留学生，不包括早已移居或在此地经商的中国人。在特里尔，我遇见一个来自辽宁的留学生，他说他那个中学一次就来了将近50人——当然是由中介机构“帮办”来的。我问他那个小城究竟有多少中国人，他说谁也说不清楚，“遍地都是，多得让你心烦”。

任何一个城市都有中国餐馆，都有中国商店，仅在海德堡我就看到了三家很大的中国餐馆，名字都很气派：“皇宫酒楼”、“上海酒楼”、“亚洲酒店”，这还不算很多酒馆实际上也卖中式菜肴。我和北京大学的陈平原教授同游纽伦堡时，在街上漫无目的地游逛，想找家中国餐馆吃午饭，又觉得没把握，就抱着侥幸和赌一把的心理闷着头往前走，谁想刚过了一个街口就看见一家“香港饭店”，进去吃了一顿，果然还算地道。我在哥廷根也吃过两家中国菜，在特里尔还从中国店里买了面条和“镇江香醋”。在那些地方，当然举目皆是熟悉不过的“龙的传人”。那时我真疑心，难道他们都是从地底下冒出来的不成?

这种感觉在巴黎才会更加强烈。在巴黎街头，十个人里至少会有一个黄面孔，而三两个黄面孔里至少就会有一个中国人，而且穿着总是特别入时，常常是手里提着时髦的DV，看着很阔绰的样子，初时以为是什么来自东南亚或日本的富商，走近了一听说话，竟是标准的山东腔。在巴黎，我至少听到了这样的三伙人，在圣母院、凡尔赛宫和罗浮宫，他们操着标准的山东口音。我们在很近的距离内擦肩而过，彼此甚至没有撩起眼皮认真看一下对方，仿佛那不是巴黎，而是济南或者青岛。

见多了当然就不以为意，但这不以为意里，也还藏下了别的意思。那会儿我就想起了顾城的一首诗，一首在80年代曾经很有名、又曾因为“朦胧”和“晦涩难懂”而多受指责的《远和近》：“你/一会看我/一会看云//我觉得/你看我时很远/你看云时很近。”我想这首诗如果注释为“对海外的中国人的关系的一种描写”，那将一点也不再费解和朦胧。在这万里之外，中国人与中国人之间的距离，竟是这样地近在咫尺，又远隔天涯。感到略有些亲近的，不过是同宗同源的身躯和面孔，但真正寒凉的，却是那彼此隔膜的心。

说不出这究竟是因了什么。海德堡的W教授曾对我说，我发现了一个秘密，你们中国人最怕中国人。这令我吃了一惊，因为我来之前，国内的长者和友人也曾嘱咐说，到了异国，多和外国朋友打交道，少和中国人打交道。他们的想法和看法竟是不谋而合。自然，担心海外中国人的“成分”复杂，小心对自己不利的各种陷阱，固然是其中可以理解的缘由，但那么多中国人中才有几个会有什么瓜葛嫌疑的，为什么中国人最不信任中国人?

去了一趟巴黎，我有了答案。是中国人自己把自己搞怕了，是那些不守规则的人自己毁了中国人的信誉，而对这不守规则的行为，外国人感受得还算是轻的，是中国人自己感受最强烈，也受害最重。

先说住宿的遭遇。去巴黎之前，先同友人一起订了一家叫做“华人之家”的旅店，一来是价格比较合理，二来主要也是图对方是中国人，对巴黎的旅游点线熟悉，咨询起来比较方便。但到了那里才知道，这是家“黑店”，即地下经营，没有执照，凡来客均是以“亲戚”的名义，住在那人的一套两层公寓房里。且不说一旦客人多了起居条件就无法承受，单是这房屋的来历就让人怀疑，房主据说是来法国“搞研究”的，但看其家人做派和陈设，却一点也看不出来是有什么学术背景的，而且实在说，真正搞研究的人如何在短短的几年内，就在那寸土寸金的塞纳河边买了两套住宅？怕不是什么偷了国有资产跑来海外的也说不准，如今这种身份暧昧神秘的移居者据说可大有人在。房主大人外出旅游去了，剩下一个不到20岁的毛头，对我们这“亲戚”说话颇为倨傲，总是“哼哼呀呀”的，仿佛我们不是住店的，倒是来讨扰的乡下远亲，好像他家不是刚刚从中国移来，倒是巴黎世居的显赫贵族似的，真让人恶心。说好免费的早晚餐，也总是有偷工减料的克扣之嫌，这些都还可以忍受，但等到临走一结账时，初时说的话又不作数了，巧立了好些名目来多要钱，与他理论，则说从来即是如此，一副无赖嘴脸。

与友人出得门来，便一连声地呼上当，骂这黑心的同胞，哀叹国人根性之坏，竟然坏到这遥远的异域。不过，反过头来想想，又觉得人家弄黑店提心吊胆地孤居海外，也不容易，就当是让小偷给掏了一回包儿吧。说着就来到了富丽堂皇的香榭丽舍大街和壮观雄伟的凯旋门，逛着逛着遂忘记了烦恼。哪知三转两转，又遇上了行骗的同胞——而且还是两个中年妇女，耍弄那种在国内常见的伎俩，手里拿着一张什么“票证”，说她们在路边的商店里得了什么奖，一下得了两张，但一天里又规定不可以领两次奖，因此愿意把这“奖”给我们，当然怎么“转让”可以商量……明摆着是个圈套，就算巴黎是个多奇迹的地方，天上也不会掉这样的馅饼吧，我和友人摊开两手说，活该你们发财，我们还忙着呢，得往火车站赶。回过头来恨不得骂娘，拿我们当傻瓜呢，刚刚已受了一次骗了，总不能一点记性也不长吧。行骗行到巴黎来，也真算有本事了。

下午我和友人分了手，先去了巴黎火车站。因为我第二天还有在海德堡的课，就急着往回赶。正愁着旅途寂寞，没想到一上车，就遇到了两位同胞，彼此一打招呼，便上了同一个包厢。喜出望外，双方都有些谨慎的亲切感，等到都亮出身份，便都放松下来，攀谈渐渐热烈起来。知道对方是来德国参加一个商贸博览会的，也顺道游览阿姆斯特丹和巴黎。对方知道我是出国讲学的身份，自然也不存什么戒意，过了一会儿到晚餐时间还执意要请我一块到餐车吃饭，我推让再三，抵不过两同胞的热情和慷慨，就一同前往。我们要了一份烤鸡和三个比萨饼，还有每人一罐啤酒，同胞中的总经理满面红光，胃口很不错，吃完还觉得没有尽兴，又要了一份法式的烤肉，一边吃一边对我说，咱们来欧洲也要找点“感觉”，以前总是伺候洋人，现在也要洋人伺候伺候我们，今天我们一定要比车上所有的外国人都吃得好，让他们知道，中国人也不净是穷光蛋。他料定周围的洋人中也没人能听懂中国话，说这些时话音很高，充满了自豪感。然后他话题又一转，忽然对我说：哎——你也不要只知道老实巴交地靠讲课赚那点钱，跟我们合伙做点生意怎么样？我说：什么生意？他就说：你可不可以在你工作的大学里找个合作的教授，让他们立个名目发个邀请，我在我们那边把省里各高校的头头们集中起来，以考察德国教育的名义组个团，“那些官员弄钱很容易，巴不得来，我们就可以赚一笔，”他兴奋地说，“当然，德国这边的校方领导也可以给他们一些好处。”

我听了这些话，刚才心中的那份亲切荡然无存。同胞的奸猾，只为赚钱而不管损害国家利益的念头让我五味交杂。但想到刚刚吃了人家的请，不由“嘴短”得很，不知道该说什么。我支吾着说：可以试一试吧，但没有把握。总经理说：德国人也不会和钱有仇嘛，你好好努努力，到时我们可以和他们面谈。然后他给我留了很详细的地址。

我回到海德堡，回想着这一趟巴黎之行，真是感慨良多，想，我们中国人的思维方式和做人处世的逻辑，和洋人竟是如此不同，这些人高马大的洋人，在我们有无限智慧的同胞面前，真可以称得上是一些孩子，他们的思维真是太单纯了，他们似乎只懂得所谓的规则，而全没有我们中国人的那种经济头脑，那种巧妙的心机和钻营的功夫。不过，那位总经理的话倒是给我留下了一点悬念，那就是洋人到底和钱有没有“仇”？我带着这样的疑问，试探着对一位海德堡大学的德方同事提起了这件事，问她，海德堡大学的校长或教授会不会同意？她对我说：你趁早连问都不要问，这是根本不可能的，我们要是会这么做的话，我们德国早就完了。

听了她的话，我脸发热，半晌没说出话来。什么叫差距？这大概就是真正的差距了。我们民族的历史再长，文化再悠久辉煌，智慧再高，人与人之间再有人情味，只这不讲规则的一点就完了，足以使我们一败涂地。那位德国的女同事并不是什么身居要职的人物，甚至还正在因为自己的奖学金落空在生着校方的气，但她居然这样回答我，使我不禁肃然。我为我的同胞，也为我自己，感到深深的自惭和悲哀。

飞向希腊

最早是从何处得知这片土地？在印象中似乎已经很模糊了。但这无疑是一片属于梦幻和神话的土地，斯巴达的英雄，马拉松的故事，奥林匹斯的传说，狼和小羊的对话，救助了一条蛇终于又被它咬死的迂腐的农夫，还有史诗、哲学和悲剧，不可思议的几何，伟大的艺术和不朽的民主……荷马、萨福、柏拉图、撬动地球的阿基米得……历史上中国也曾经有这么一个“言必称希腊”的时期，革命家批判过这种崇拜，但这希腊始终还是一个谜，一个为世代的人们解不开的，永远为之神往和痴迷的谜。

从未这么近距离地设想过希腊，但我就要接近她了。这是真的吗，抑或是在多年前的梦想里？当友人提议时，我的兴奋简直无法描述，我几乎来不及反应，就像一件从未属于自己，也几乎很难设想会属于自己的珍宝，现在就要触手可及。这世界上最伟大的土地，除了祖国，还有谁会这样叫人向往，还有什么感情会这样奇怪，这样天然和没有任何排斥地令人认同？

我设想这是遍地黄金的土地，雕像和大理石修砌成的世界，神殿和神话铺就的阶梯，一直通向奥林匹斯山的皑皑白雪。只有盛装的女神、古代的勇士，哲人和诗人，在这鲜花盛开橄榄树丛生的土地上飘逸地行走。这是一尘不染的世界，伟大文明的火焰，静静地燃烧在爱琴海蔚蓝的上空……

这是十年前、20年前我心中的希腊，曾经热血澎湃的青春的希腊，我曾经为她写下了那么多蹩脚然而真诚的诗句。而现在我知道，这个希腊正在渐渐地，一点点地黯淡和衰老下去。这是因为生命之火已经不再如昔日那样狂烧。这还是我的希腊吗？她沉稳然而亲切，像一个有些迟暮但还是风韵绰约的妇人，在太阳更加炽烈的南方的某个地方，伴着地中海的波涛，仍然在泡沫中渐渐上升，等待遥远东方的追慕者。

……

从阴霾密布的法兰克福出发，只一个多小时，我就看到了那耀眼的光线，那是地中海反射的阳光。仿佛这么快就经历了从早晨到正午的时光，空间的变化和时间的更替，是这样一致地次第展开。太阳无可置疑地挂在碧蓝的上空，一块华丽而耀眼的毯子，镶嵌了无数珍珠和钻石，则展开在机翼的下面，向着天水相接的尽头，柔柔地铺展开去。

久违了，这是冬季的阳光吗？地中海平平展展地铺在飞机的下面，那些个小岛，则如同这靛蓝色的毯子上的一个个生动而不规则的图案，波光粼粼的水面，现在看起来犹如毯子上富于质感的绒毛，被船只划出的一道道航迹，就像毯子上的一道道小小的褶皱。总之这是一块看起来叫人舒坦的温暖的毯子，从寒冷的德国飞到春光旖旎的地中海，还未落地，先就预感到了那种的温暖。

不知是幻觉还是飞机的播音，我听见了那种富有地中海风格的音乐，是吉他弹出的乐曲，感伤而又轻快，听起来有点矛盾，但还是很贴切，仿佛要有意让我体会那份梦幻般的异域风情……

飞机开始缓缓地下降，舷窗下的海面大幅度地倾斜着，天空竖了起来，海面的颜色变得越来越浅。还未看够窗外的景色，飞机盘旋着就要降落了。

到达雅典时，正值隆冬季节，却怎么没有感受到一丝冬天的气息。2月17日，在中国正是正月的大年初几，春天已有了讯息，可真正的身影却还遥遥无期。而在雅典，却已是相当于中国北方春末的气温了。下飞机时还不到中午，温度已差不多到了20多度的样子，太阳灼热地挂在天上，空气里氤氲着淡淡的雾岚，让人感到既清爽又温暖。大街两旁全是碧绿的橘树，挂着橙黄色的橘子，让人宛若置身橘园一般。

雅典没有冬天。小时学地理就知道地中海一带的气温高，可只有真正置身其间，才能感受到它是多么温暖。按照纬度它也许只相当于“暖温带”，从地图上看，它就和中国的山东半岛差不多在一条线上，可是论气候却俨然是一派亚热带景象。那时我就想，或许正是这气候成就了希腊？铸就了它的特有的海洋文明？起码，要想发展海运业，在早期人类的条件下，严寒的气候是很难想象的。

希腊的气候看来也是偏于干旱的，山上的植被稀稀落落，决不像中北欧的德国那样郁郁葱葱。山体多是人们通常所说的那种石灰岩，所以土壤比较瘠薄，不适于发展农业。那山形看起来和中国北方的山很有些相似，特别是雅典城区的几座山头，给人的感觉真是有些似曾相识。但这样的气候却给雅典带来了不一样的生机，它的冬天一点也不萧索，草木该葱茏的照样葱茏，还有那些遍布在街道两旁的棕榈树，用它们高大的身影，摇曳着那种亚热带才会有的浓浓的春情。

出了机场，我和友人就按照原先定好的计划，乘大巴往雅典的市中心——帕拉卡老城赶去。根据我们事先的得到的情报，老城的住宿费用是要昂贵一些的，但离景点比较近，就省了交通费用，也省了时间。况且我们人生地不熟的，又都不懂希腊语，住老城就省却了到处打问路向的麻烦。尤其是，住在老城才会真正找到那种感觉——那种悠远而苍老的历史感，这才是来希腊的真正目的。而且我们此来正逢旅游淡季，估计在老城不难找到旅店。

机场到老城的路还真长，马路并不怎么宽，车辆显得比较拥挤，车子里的人很多，一点不像在德国。站点特别多，走走停停，不知不觉走了一个多小时，还未见走进城区。不过这倒也好，我自有时间赏看窗外的风景。

橘树上招摇的橙黄仿佛要把人的眼睛灼伤。我不明白，在这隆冬时节它们为什么还能被保留在树上，大约是为了好看吧。马路上到处是这样的橘树，一派黄绿相间的生机。真要感谢高耸的阿尔卑斯山，是它把冬天挡在了北侧的欧洲大陆，而把地中海的温热留在了此地。

但城市的景观却并不叫人激动，我甚至感到失落和奇怪：这难道就是拥有四千年历史的文明古国的城市吗？全没有巴黎的那种华丽，没有德国的那种整洁，有的倒是散乱和简陋，随意和破败。难怪有人说希腊在欧盟国家中差不多是最穷的，看来其城市的面貌比起我们这样的发展中国家，大概也强不到哪里去。至少在我们那里一些中心的城市，还有那么一两条给人看的“脸面街”呢，林立的高楼还显得有一点“现代化”的气息，可在这里，却几乎是一派陈旧与凋敝之象，大多数的建筑显得破败，既没有历史的沧桑痕迹，更没有现代的气息……这一切让我一路感叹不已。这也许就是所有文明古国的共同命运？曾经的辉煌，就像文明的火种传遍了世界，而自己却变成了一片废墟。也像落败的豪门，盗贼不断，任人夺掠宰割。

穿越了一大片林地，我看看手里的地图，知道这是著名的奥林匹克公园，古城的中心来到了。我甚至已经看见了林木掩映中的宙斯神庙的石柱。看到了那雄伟的雅典卫城上耸立的帕特农神殿！

我的心抑制不住兴奋起来，仿佛时光倒流，天空和大地倒悬过来。我的飞行还未结束，而希腊已经等候得太久。我收拢翅膀，就要投向她的怀抱。

夕光中的雅典娜

到达帕拉卡古城时，天色已经过午。下榻到一家三星级酒店，又兑换了希腊的钱币，不仅和友人有些不解，原来希腊的钱竟是这么的“毛”：一马克差不多要换三十七八个希腊元。我们一下子有了一掷千金的感觉——一顿饭花去了一千多块。再看那“三星级酒店”，跟国内的相比，也就一般“招待所”的水平，房间面积小，楼梯狭窄，设施简陋。但价格倒也便宜得很，每天只需要一千来块，合人民币也就百十块钱的样子。

等不得稍稍作些休整喘息，心中念着那神往已久的卫城，草草吃过午饭，就和友人出了门。临行时向酒店老板问路，他的英语大概也糟透了，结结巴巴啰唆了半天，也没让我们明白他究竟说了些什么。只好出门记路。说来这帕拉卡古城也怪，格局有点儿像是《水浒传》里的祝家庄，也像道家的九宫八卦阵，都是圆的，环绕着卫城山，依山势次第延续。如果记不准方位，恐怕要跑断了腿。但记路也难，因为老城的建筑大都低矮陈旧，看起来都差不多，要想找个标记很不容易。好在因为地形有高低之差，视野也还开阔，能记住方位就行了。我们瞄准了旅店的位置，便出了门。

沿着极尽弯曲的旧街，我们急不可待地向那突起在老城中心的，历史上最伟大的建筑遗迹之一——雅典卫城走去。在希腊语里，“卫城”的发音大致像是“阿克珀利斯”。我在心里默念着这名字，在曲里拐弯的巷子里穿行着。这街区真是破败和让人感到压抑，几乎看不到一所希望看到的建筑，说是老城，其实倒是个四不像，不伦不类，既没有真正的古代建筑，也看不到一点点新鲜和有朝气的迹象——它们的历史都太短了，和正宗的古代希腊文化都不搭边，一如北京的胡同，和真正的汉唐气象哪里是一回事。我真不知道，这些房子是怎么和山顶上那座巍峨的神殿共处在这么近的距离之间的。神殿确立了这世界，而这些破烂不堪的小小民居，却这样让人对这世界感到可疑。

曾多少次在书籍、图片甚至在影像中看到她——雅典娜，希腊的保护神，她那令神和人类都感到安全和不安的美丽，曾经惹了多少麻烦，留下了多少神话和传奇。而今历经风雨沧桑，她却连自己也没有完整地保护下来，而落得断碣残壁。她所保护下的希腊就更惨了，那些最精美的文物和艺术品，都已经被各个时代的强盗们洗劫得差不多了，只剩下那伟岸而孤零的石柱，还耸立在西风中，斜阳里。各个时代的英雄或者侵略者们，当初也许是怀着相似的崇敬之心来到这里，但最终占据了其心的，大多不过是不择手段的占有欲——正是面对着圣洁和美，他们才显出了强盗的原形。

这大概也是人类天性中的一种痼疾吧，不能完全用道德概念来解释清楚。记得有一部英法合拍的电影，名字叫《逃往雅典娜》，是一部非常刺激好看的娱乐片。片中无论是反法西斯的战士，还是德国的纳粹军官，他们在“抽象道德”上似乎是对立的，有“正义”和“邪恶”之分。与通常的战争娱乐片一样，德国人完全被妖魔化了，蠢笨而无能，但在垂涎希腊的文物这一点上，他们却完全沆瀣一气，而且聪明的盟军战士比起德国人来，还更有过之而无不及。为了古代的神像和金盘子的神话，美国人差一点就被他们自己的贪婪炸成齑粉。这电影让我们相信，自由和贪欲从来都没有成为过冤家。西方人在不忘夸耀和彰显他们的价值观的同时，似乎也还有诚实的一面——并不回避他们强盗的历史。

卫城山远眺

颇有点不走运，当我们快要逼近这神圣的居所时才知道，雅典卫城正在大规模修葺。大概是要利用旅游淡季的时机，卫城的四周都被封闭了，最靠近它的环行道路无法通行。我们只好又多绕了许多路，曲线转到西北方向，从卫城的正门渐渐接近它，这样一来就辛苦多了。唯一值得一提的是，在绕道去卫城的路上，我们经过了它西侧的一座很低矮的山，那里也有众多古代先贤的遗迹，有古代的民主讲坛，还有据说是哲人柏拉图遭囚禁的山洞等。因为属于走马观花，所以很多文字说明都来不及细看了。

将近五点钟的时候，终于来到了卫城的大门方向。迈步登上石阶，举目四周，稀疏的游人更使这废墟的世界显得荒凉。因为冬季的干旱，草木

卫城山西侧山下的囚室，相传柏拉图曾被囚于此

大都枯黄，石缝间有枯草在摇曳着，风刮过石柱，隐隐发出呜呜的鸣声。不知道这卫城对于希腊人来说，到底意味着什么，但对于我们这些外来的游人来说，它无疑是希腊的象征，是古代文明最辉煌的部分，可这象征眼下是太寒怆和令人心酸了。

帕特农神殿像一个骨折的病人一样，周身被打上了捆绑物，石膏和钢架，还有绷带。它看来病得不轻，它的肢体有些部分永远也无法康复了。本想给它拍一张完整的照片，但这下却只能拍出一个伤员一样的帕特农了。但这也无妨它的伟岸气质，在今天世界上已存的建筑中，恐怕再没有能和它相媲美的一座了，世界上不乏豪华和精巧的建筑，但如果要选出最简练、最朴素、最原始、最高贵又最具哲学含义的一座，那我认为帕特农神殿可以说是当之无愧——虽然它也只是一个象征，虽然在现存的古代神庙中，比它早得多的，在埃及、希腊甚至世界上其他地方也都不乏其例，但它们所处的地方和位置，就没有帕特农这样幸运了，因为这是雅典，它是耸立在世界上最具光荣的雅典卫城，而不是在别处。

雄伟的帕特农神殿

帕拉卡城外的宙斯神庙，远处城郭即雅典卫城

那时我想，如果世界上果真没有这样一座建筑，那将会是一番什么模样？它会不会完全“荒漠化”了，我不知道，但我想世界一定会因之而荒芜得多，浅薄得多。再过几千年，自然和风雨的侵蚀，也许会使帕特农今天的这点残破也不复存在，但世界上只要剩下一根石柱，有一丝丝它的痕迹，也将因此而显得神圣和庄严。

另一座神庙在它的左边，要小得多，规模大约是帕特农的二分之一，甚至更小。这是供奉雅典娜和阿波罗的地方，其残破的程度有过之而无不及，旁边的其他辅助建筑则早都已化为满地的乱石了。我在黄昏里小心地拍下它们，生怕它们在夕阳里被风刮得无影无踪。

当我们走下卫城山的时候，碰巧看见一队几乎是全副武装的士兵，身着迷彩服，旁若无人地持枪登上卫城的大门。不知道是为了举行某种例行的或是专门的仪式，还是因为有重要的参观者需要受戒严保护，我们没有弄清楚究竟发生了什么，有点依依不舍地走了下来。

黄昏已经降临希腊，降临卫城山。从西侧望去，雅典开始闪现出万家灯火的景象。陡峭的石壁下，是古代希腊人的剧场，雅典的祭祀仪式，群

从卫城山上俯瞰古代雅典剧场

众集会，还有悲剧的上演，大概都应该在这里举行。石阶和廊柱也都倒塌得差不多了，但依稀还可看出圆弧形的主体，还有由拱门构成的装饰回廊——这种格局在希腊式建筑里，同石柱和三角形的山墙一样是重要的象征，在罗马的很多建筑中，它也都作为象征得以保留。我举目回望，突然产生了一种震撼：在古铜色的夕光里，古老的卫城才显出了她的质地，她那不朽的高贵和辉煌。那时我相信，时光和造化的一切仍然把最本质的部分留在了这个世界上——她是庄严和大美，是创造和智慧的永恒冲动，是试图完美和自由的欲念，是执著和不肯放弃……只有最伟大的民族才能用那样伟大的意志，创造出这样的文明。那时我相信，伟大的文明即便是化为了一片废墟，她也将永远具有征服一切的力量——不是用强权、专横和暴政，而是靠她的自然和包容，艺术和思想，她的高迈和超拔，不可追比的爱与善的内质……

你好，康斯坦丁

从卫城山上下来的时候，天色已近黄昏。我们选择了与上山时完全相反的路线，因为看到右侧山下有一些古建筑，便不顾迷失来路的危险只管向下走去。心想，反正卫城山是圆的，只要记住旅馆的大体方位，从哪一边绕回去都是一样的。可是我们忽略了一个问题：天色已经暗了下来。我们下榻的那家“三星级”的小酒店，早已淹没在帕拉卡老城矮小而散乱的建筑中，周围也没有醒目的标志，街道曲里拐弯，就像《水浒传》里面祝家庄的盘陀路一样，夜色一降，怕是要掉进迷魂阵，跑断腿也一时半会儿地回不了家。

正心中发虚呢，有人喊我们：哈罗，Are you Japanese? 远远看去，是一个老头，一脸典型的巴尔干式的皱纹，但头发黄而稀疏，怎么看都不像是希腊人，倒有点儿像再北面点的从前电影上常见的南斯拉夫人。你是问我们吗？心想，这人凭什么这么主观地把我们看成日本人，先就有几分不满，爱答不理地说：No，not Japanese，We are from China。“啊，中国人，老朋友!”他一听我们是中国人，竟生硬而滑稽地说出了两个汉语词儿，很兴奋地跟我们搭起话来，那热情劲儿几乎要张开双臂拥抱我们了。

便不免有些惶惑，心想，这人生地不熟的，如此热情不会是有什么骗局吧？要是在国内，遇上这样热情的“好人”，可要分外小心提防着点。便冷冷地点点头要离开。哪知道这人一点儿也不介意，照样还是很热情地与我们搭讪着，问我们住在哪里，想怎么玩儿，他会帮助我们。越这样说，我们就越有些不安了。僵持了一会儿，又觉得不像是有什么问题，看着老头一脸的天真无邪，就想西方人怎么说也不会像咱的同胞那么阴险吧，管他呢，说两句话未必就被黏上，于是就和他闲扯。原来他只是会那么一两个词儿，说了一个“老朋友，没问题”就卡了壳，老那么重复就让人感到很好笑。不过，他的英语说得倒是蛮流利的，他知道我们从德国海德堡来时，又开讲德语，凑巧我同行的一位朋友是精通德语的，所以交流变得顺畅起来。

“海德堡偷走了我的心，我在那里坠入爱河，你们知道吗？”

“是吗，那你的太太是……”

“哈哈哈……那是一首歌的名字，非常有名的一首歌。”

“哦，原来是这样。”

他无意中幽了我们一默，大家都笑了。气氛变得十分轻松亲切，他又介绍了他的情况，我们便知道，他叫康斯坦丁，已经60多岁了，原来是一家旅游公司的导游，现在已经退休，高兴了随便给哪家公司帮帮忙，倒不是因为生活太困难，而是觉得没事情干太无聊。他没有太太，也没有孩子，但觉得一个人也挺快乐，只要能和世界各地来的游客打交道。他能讲十几个国家的语言，很喜欢中国的文化，希望能跟我们学几句汉语，就算是作为带我们游览的一个“交换”了。

免费得了个导游，我们当然很乐意，也就跟着他沿着曲里拐弯的街道向前走去。

黄昏的余晖渐渐变成了一抹古铜色的光线，涂在围城山下古老的建筑上，

卫城山下的古城废墟，稍远处为柏拉图学院

愈发显得苍老而神秘。康斯坦丁指着一片房子对我们说，这是雅典的柏拉图学院，“柏拉图，孔夫子”。他说着竖起了两个大拇指，我们赶忙点头称是。他问我们，用汉语应该怎么评价这两个人，我们就教给他一句“了不起”。“唔，了不起，了不起。”他一下子就学会了，还不断地重复着。忽然，他产生了联想，对我们说，“毛泽东，了不起；周恩来，了不起……”

这让我们很讶异，他竟然知道毛泽东周恩来。就问他，“你是怎么知道的?”他告诉我们，那是他年轻时代崇拜的人物，上学的时候，很多年轻人崇拜毛泽东，有人还得到过毛泽东的书呢。我们遂知道，原来只听说过60年代欧洲的红色风暴，听说青年人崇拜毛泽东，真的此言不虚啊。便问他，“你为什么崇拜毛泽东?”他一笑，又把大拇指竖了起来，“了不起！了不起……”他的眼睛里似乎放出了一种兴奋的光芒，看来他还真会活学活用。

我们穿行在曲里拐弯的小巷子里，这些狭小街区是帕拉卡最有特色的建筑，它们大都是平顶的白色小屋，窄小的院落里种满了玫瑰或其他的花卉，单看这些房屋，怎么也想象不出这是一个欧盟国家的民居，发达国家的建筑。但这就是希腊，已历经了太多沧桑的衰败了的希腊。卫城山上伟大的文明，和它脚下的现实形成的是如此巨大的对比和反差。

白色调的建筑有一个好处，就是它会使夜晚也不那么昏暗阴森。在白天，这显然是为了抵挡地中海地区特有的强光照射的，而此时，这光线让人可以在高低不平的石阶上自如地行走。再者我想，也可能是希腊

帕拉卡老城的民居

人的另一种艺术的偏爱，古代的大理石的建筑和各种艺术雕刻也大都是白色调的。

康斯坦丁一路给我们介绍着，说着这些地区的历史和文化的变迁，这使本来已经很有些疲惫的我们，又重新振奋起来，问这问那，鱼贯而行在狭窄的巷子中。但有一样东西不只是令我们兴奋，而简直是紧张和恐怖了——几乎每一家院落的门前都蹲着一条狗。狗的体态倒不是很大，但都是那种特别阴沉的样子，目光在平静中隐含着警惕和杀机的，令人不寒而栗。开始我们都很紧张，很后悔让这个康斯坦丁把我们带到这里来，担心着万一不慎那狗扑过来怎么办。可老康斯坦丁却泰然自若，他告诉我们，不要搭理它们，万一它要是有所“表示”，就用手搓一下膝盖，就会达成和解。我们就模仿着他的动作和样子，果然，那些个目露凶光的畜物马上就变得安静下来了。

好不容易来到了更接近“中心”的街区，巷子稍稍宽了一些，但还是称不上“街”，行人也开始多起来，狗的恐惧是少了，但猫的惊扰却也叫人不能全然放松下来，那是些什么样的猫啊，体态大得很，眼睛露着碧绿的凶光，尾巴直直地朝上竖着，时常“嗖”的一声从行人的身边蹿过，吓你一身冷汗。大概因为这里已经受到来自阿拉伯文化的某些同化影响，猫被视为是神秘的动物，所以野猫特别多。不过，这些猫对康斯坦丁来说，根本就不在他眼里。他谈笑风生地对我们指这指那地介绍着，向我们推荐各种各样的特色小吃店，以及灯光下琳琅闪烁的工艺品，但他并不劝我们买，而且还说这样的价格不合理，应该如何如何学会砍价。

说着很快就来到了我们入住的那家旅馆的门前。他问我们的房费价格是多少，然后微笑着耸了耸肩膀，意思是太贵了。他说如果我们愿意，他明天愿意介绍我们到附近的另一家旅馆，条件比这要好，价钱绝对要便宜，

矮小的东正教教堂

还有免费早餐。因为彼此已经建立了信任，我们便说，希望明天他能介绍我们过去，他也显得很高兴，就与我们约定了时间。临走他也没有忘记讨“回报”，问我们汉语如何说“再见”、“晚安”、“早上好”等，我们一一告诉了他，他嘴里叽咕着重复了几遍，对我们说，“老朋友，再……见”，生硬的发音让大家都忍俊不禁。

一夜无话。第二天早八点，康斯坦丁果然准时来接我们，我们便退了房，随同他来到新的旅馆。我们知道他可能会有一点介绍费的收入，但昨天晚上的经历，已经使我们非常信任他。果然，他介绍的旅店环境、条件要比原来的略好些，价格也大致优惠了五分之一，我们很满意。然后他还带我们去临近一家旅游公司，那儿有去爱琴海、伯罗奔尼撒等地的旅游项目，价格比较公道，上车点又近。到这时我们才明白过来，康斯坦丁靠着他这样让人自然而然地熟悉和信任的方式拉来了生意，这样，几家旅游单位都给他一点提成，他也很合算了。但是这个服务并不是以损害别人的利益为条件的。

我们再一次和康斯坦丁道了别。接下来的几天里，我们的旅行计划进行得非常顺利。

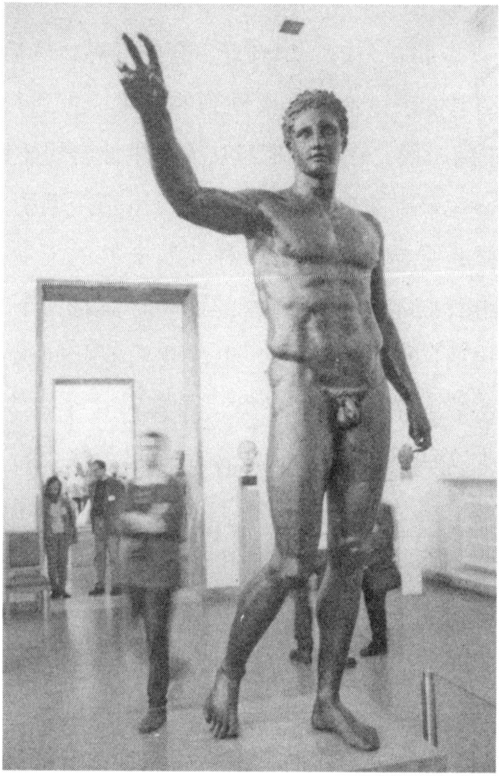

雅典国家博物馆的阿波罗神像

最后一次见到康斯坦丁，是临别雅典的一天。原以为再也见不到这位老人了，可当我们结了账离开旅馆的时候，竟然又在去辛塔格玛广场的路上遇见了他。他仿佛一下从人群里冒出来一样，张开双臂迎过来，“你好，康斯坦丁！”我们一齐招呼他。“老朋友，没问题。”他满脸是笑，连皱纹也都绽开了。当我们告诉他我们要走了，他的神色也有一些黯淡，对我们一一重复着学来的那些汉语词汇，“了不起，你好，早安，晚安，对不起，没关系……”看来他真是富有语言天赋，教给他的那十来个词儿，他一个也没忘。

“再见，再见，老朋友……”颇有点不舍的意思，然后他又用英语、德语重复地表达了希望再来，希望再次见到的意思。直到我们再次握别，彼此都淹没进人群里的时候，还看见那只从人群里伸出的摇晃着的手臂。

不知为什么，这个本来纯属萍水相逢的道别，倒引发了我们几个人的一番叹息，同样是导游，同样是一种纯属交换的商业关系，但这一位老者却不仅仅只给我们带来了钱与物的交换，而是留下了一种落于心灵的情感，甚至文化的印记。我知道，也许我们彼此间永远都不会有再见了，但这个人却会常住在我的记忆里，同我对这个古老的国家的记忆、我对这曾经的伟大文明的追怀永远叠合在一起。这个富有色彩的、生动的、诚实而可信赖的老人，叫我不能不记住他。而且奇怪的是，在他身上，我还看到了两种历史的影子，一个是精神和革命、红色的历史与神话的遥远遗存。这些东西真的很难让人说清楚，如此不一样的两个世界里，居然还有着如此的历史联系，仿佛时间和空间在某一时刻曾经擦肩而过，而现在它们终究又改变了这一切。如今连中国的青年人也已不再相信伟人神话，不再崇拜传奇英雄，而是把物质和利益看得高于一切，他们最认同的是西方发达世界的文化资讯与生活方式；而这个看上去如此落魄的老者，却还记得这遥远年代的人物，而且赞佩之情还溢于言表，真是让人不可思议。

从另一个方向上看，老康斯坦丁差不多也可以是今天希腊的一个缩影了，一个历史那么久远的、虽已衰败的躯体，却保持了他那率真的活力，甚至不失赤子的纯稚与亲和力。虽说我们的雅典之行没有像诗人那样，有过多么浪漫的奇遇，但这小小的邂逅，也可以称得上是难忘了。

我在心中默念着，善良的人，康斯坦丁，祝你好运。

英雄的末路

在迈锡尼古老而荒兀的山岩上，矗立着这座卫城的废墟。山其实是寻常的山，在伯罗奔尼撒半岛上，似乎没有特别峻拔雄伟的山峰，但却有着无数悲剧的英雄，大名鼎鼎。

阿伽门农，当年史诗里记载的希腊远征特洛伊的联军统帅，如今就安睡在这已经破败不堪的卫城的西侧，一座堪称巨大的墓穴里——如果这种传说没错的话。不知为什么，历史感最强的希腊人，竟没有关于这位统帅的“身后”事情的详细记载。或许是希腊人重生不重死的缘故？可是眼下为什么活人住的地方一片倾颓之象，而死人住的地方却是一派严整肃穆？

油菜花散淡地开着，间或有小小的蜜蜂和蝴蝶飞来飞去，让我恍若置身中国南方山区的某个地方。荒凉的山坡下，一个年老的牧羊人，用一张被过强的阳光曝黑的面孔，漫不经心地朝这边了望着。他的穿着和打扮，比起我在家乡山野间看到的牧羊人的装束，倒也差不了许多。不过是头发的颜色和深奥的眼睛，让我感到与他之间难以跨越的距离。我不知道这牧羊人和古希腊戏剧里的牧羊人是不是同样的装束？几千年来，这中间到底发生了多少变化？我不由想到了一个比喻来的道理：原来世界上穷人的生活都是相似的，只有富人的生活才各有各的不同。

远眺阿伽门农王宫废墟

雅典的卫城是祭祀神的地方，上面建立了雄伟的神庙，而阿伽门农的卫城虽然也叫“阿克珀利斯”，但其实也就是他的王宫或官邸，规模和雅典的卫城自然是不能同日而语。不过，它建筑的历史却要比前者早得多。如果是按照希腊与特洛伊人发生战争的年代来算，从公元前 12 世纪至今，已经有 3 200 多年的历史了。而现今看到的雅典卫城，它建筑的时间只是在公元前 1 世纪前后。希腊文明的源头太多，也太复杂了，从阿伽门农的卫城来看，和后来的高贵严整的建筑风格的确有很大差异，显得比较古朴和随意，傍了自然的山势，建筑取材也比较随机和简朴。

但这已全然是荒芜和破败的世界了。整个卫城差不多已完全夷为平地，虽说没有“大江东去，浪淘尽，千古风流人物”的悲壮，也是“故垒西边，人道是，三国周郎赤壁”的沧桑与荒芜了。只有历经风雨的城门还是完整

阿伽门农卫城的大门——狮门，上方有两只狮子形浮雕

的，这座城门的名字叫“狮门”，由巨大的黑色花岗岩石块垒成，横梁上方的正中有一块巨石，上面刻着两只护卫城堡的狮子，看起来庄严古朴。想象当年阿伽门农从这儿集结军队誓师出发的时候，该是威风凛凛的。可狮门以里，却再没有一座完整的建筑了，只有满地的乱石荒草。导游小姐指着说，这是阿伽门农的寝宫，这是浴室，这是办公接见臣属的地方，等等，但这叫人感到差不多都是想当然，因为所有的地方几乎都是一样的——只

剩下了东倒西歪的断壁残垣。倒是那浴室似乎还留了水池的底座，显示着这位迈锡尼王当年生活的奢华。可是这浴室倒是更容易叫人想起那场血腥的杀戮：这为希腊赢得了荣誉的英雄，征战了十年，却在归来之时喋血于这城堡内——他的早已经背叛了的妻子之手。恐怕他还没有来得及在这浴室里洗一洗身上的征尘，女人的尖刀就插进了他的脖颈。

这就是英雄的末路了。大凡死在战场上的，应该是英雄的死得其所，可是死在自己的女人的手里，大约就是末流的死，最叫人叹息和可怜的死了。可怜阿伽门农统帅十万大军，挥师于大海之上，经历了多少大风大浪，最后竟在得胜归来时死在暗算者的手里。因此也怨不得如今这卫城的荒芜与破败，死得没有一点英雄之气，便是这卫城再雄伟些，又有什么意思。想来阿伽门农还不如奥德修斯，奥德修斯在回程中被风浪和海神阻隔，耽搁了十年，加上征战特洛伊的十年，回家时已经是 20 年之后了，家里住满了求婚者，可是妻子帕涅洛帕却始终坚贞不移，苦苦地等待他的归来，结果人家最终得以团聚。可阿伽门农本来家里就连连“出丑”，特洛伊战争之所以引起，就是因为他的嫂嫂——哥哥斯巴达的国王墨涅拉奥斯的妻子海伦，经不起特洛伊的王子帕里斯的诱惑，与之私奔而导致的。海伦是希腊人的骄傲，但更是希腊人的耻辱，一场历时十年的战争，竟是起于这样一件感情的“私事”。这是希腊人的价值观了，多少英雄故事、浪漫传奇，俱是由此而起。而阿伽门农的命运，就更加布满了痛苦的荆棘与罪孽的陷阱。

在悲剧之父埃斯库罗斯仅存的几部作品中，《阿伽门农》比较完整地描述了这位希腊统帅的叫人悲叹的经历：早年阿伽门农的父亲曾经和阿伽门农的叔父结下了冤仇，弟弟淫污了嫂嫂，哥哥便以烹杀弟弟的孩子并诱使他吃了孩子的肉来报复，弟弟则发誓要报复哥哥的后人，这就埋下了阿伽门农日后悲剧的祸根。海伦被帕里斯拐走之后，阿伽门农率领的希腊联军在出发之际遭到狩猎女神的刁难，祭司预言，阿伽门农只有杀自己的女儿以为祭品，方能使女神放弃与希腊军团为敌，阿伽门农无法接受这样的条件，宣布辞去统帅之职。但全军将士一致恳求，他无奈之下，只得把女儿诱至军营，忍痛将她献祭。女儿出于大义的勇敢，感动了狩猎女神，在她被砍头的刹那，女神将一只赤牝鹿化为她的替身，而赦免并带走了她的魂魄。此时阿伽门农的妻子克吕泰墨斯特拉悲痛欲绝，恨恨而去。希腊联军箭在弦上，只能乘风破浪往特洛伊进发。在十年战争期间，阿伽门农叔父的儿子，他的叔伯兄弟埃奎斯托斯前来引诱克吕泰墨斯特拉，并成了她长期的姘夫。当阿伽门农打败了特洛伊人，带着他的女俘卡桑德拉班师回到他的迈锡尼王宫时，发生了这最悲惨的一幕，他被笑脸相迎的妻子连刺三剑，死于血泊之中。

剧里面说，当初征战特洛伊胜利的消息，是通过遥远的烽火传递而来的，守望人站在卫城的顶端，看到遥远的东方传来的阵阵火光，知晓了胜利的消息，女人的阴谋也从这一刻开始酝酿。我此刻站在这卫城的屋顶，遥望着迈锡尼荒凉的山野，只有一片沉默。二月的山风吹来，我听见的只是一片沉沉的萧瑟，阳光灿烂，但周围却安静得只有风声。王者的气象已荡然无存，被寥落的自然和永恒的寂静所代替。

但希腊的悲剧精神的伟大，就在于它不是一般和简单化地去处理这样的故事。浪漫和荒诞当然会存在，比如“时间”问题上刻意的误差和不真实，主要人物似乎永远是“不老”的，英雄和他的女人似乎总是活在时间之外。再者，剧作家从来不会按照简单的伦理学来臧否人物，即使是俄狄浦斯那样“杀父娶母”的悲剧人物，作家也没有把他理解成恶人，而是将他解释为与命运抗争的英雄。同样，在《阿伽门农》中，我感到悲剧之父也没有谴责任何一个人物，包括阿伽门农的妻子。同时阿伽门农也不是完美无瑕，试想，他可以在胜利之时携带着美丽的女俘卡桑德拉回家，那么克吕泰墨斯特拉与别人私通难道就一定是该予以谴责的吗？后者出于私欲谋杀丈夫固然是罪恶之举，那么阿伽门农在出征之前亲手杀害自己的女儿，难道就没有残忍自私和虚荣之嫌？所以，与其说诗人是在谴责罪恶，不如说是在悲歌命运，他书写的是人性永恒的弱点和悲剧。而对于人自身，对生命则是怀了伟大的宽容和怜悯。

山下相距约四五百米的西面，坐落着那座墓穴。和很多坟墓不同，它的墓门竟是敞开着的，不知道这是否也和希腊的文化有关。很多人走进黑暗的墓穴中看看，其中空空如也。看不到阿伽门农的棺椁，倒是有一股熟悉的刺鼻的便溺气味扑过来，我很快地退了出来，甚至连留影一张的心情也没了。不知道希腊有没有盗墓的“文化传统”，如果有，那阿伽门农的寝室里恐怕已经留不下什么了。当然我相信重生不重死的希腊人，不会像我们的祖先那样，把一大堆用得着用不着的东西搬到坟墓里去，他们把最壮丽的世界留在了大地的外表上——用人神同居的神殿确立了世界，犯不着再用那山一样的坟墓使世界鬼蜮化。更何况是这样的死，就是他的人民再崇拜他，他的葬礼也只能是由他的敌人，他的背叛者和杀戮者来安排了，所以我倒是更愿意相信，这是后人对这位希腊统帅的追祭和悼念。虽然墓穴堪称豪华，但早已异处的身首，却不知遗落在何方。

但这也无所谓了，和无数的我们祖先的英雄一样，其实英雄所留下的无非是一个名字而已，英雄的业绩可以到处流传，但那曾叱咤风云的尸骨，却常常早已是碧血黄沙，无处觅踪了。凡英雄，大约都是要有一个末路的，否则何以会成为英雄呢？或许英雄一世，等的就是一个末路的结局。既是牺牲，又何需身后的靡费与奢华？

立在阿伽门农的墓穴门口，再向东看卫城，是一个侧面的影子，它留下的更是一个破败的残迹。三两棵不起眼的小桃树，歪歪扭扭地站在春风里，星星点点地开着寥落的粉色小花，很委屈的样子。我说不上那是不是桃花，抑或杏花什么的，也不知道在这里，在伟大的古代之后，又出现了多少怀古的诗篇，但仍然有一些句子在耳边萦绕着，莫名其妙地挥斥难去。

车子要开动了，这才蓦然发现自己有一点酸意，是走神了。

上车前，和许多人一样，我买了一兜硕大的橙子，伯罗奔尼撒的特产，很便宜，但却是品质极好的橙子，每个的分量差不多都有一磅左右。吸着甜橙，车子已经拐过了山崖，前面就是一片平原了，沿爱琴海伸展着的伯罗奔尼撒平原。它很狭小，但对于整个希腊来说却不啻命脉之地，所有的粮食和蔬菜水果都产自这里，谁掌握它，谁就拥有了希腊。难怪迈锡尼王在全希腊有着如此重要的地位，他在那座不大的山上，正好就控制了这土地。

再回头看时，阿伽门农的卫城已仅剩下一点模糊的痕迹了。远远望去，就像绿色的山体上的一块疤痕，也像是一小堆刺眼的白骨。渐渐地，这点痕迹也消失了，隐没进一片农业的色调里，这是古老的和没落的一片，嘉禾与绿树，生机和贫穷，耸立和衰颓一起弥漫的希腊。伟大的古代永远地消失在了时间的尽头、爱琴海如歌的涛声里……

我久久地回望着那一块疤痕，那一小堆英雄的骨骸。我知道，这样的骨骸在这块土地上是遗落得太多太多了，它们甚至已经成为这土地、这历史的一部分，是它最好的和别无选择的存在方式了。无论世事是怎样地沧海桑田，在时光的尘埃里，星球的记忆中，它们永远是最醒目的部分。所不同的只是，诸神已经离去，他们太显得有些孤独。

从科林斯到那波里

当那导游女孩说科林斯已经到了的时候，我半天没有反应过来，难以想象，这就是那个在神话和诗歌里反复出现过的古代名城的遗址？这曾历尽战火和辉煌，为诗人反复吟咏过的土地，如今已是完全地空空如也。来时的兴奋，不免被失落所代替——哪怕就是留下几根石柱，或者几片废墟也好啊。在希腊的地图上，这样的遗迹似乎到处都是，然而科林斯这里除了山野外，却是一无所有。站在空旷的野地上，满眼所见，是一些散乱简陋的类似“发展中国家”才有的那种密密麻麻的小商亭、杂货店。

完全不是想象的那种样子，倒像是一个供游人和车辆歇脚加油的乡村车站。

依稀去追忆拜伦的《科林斯的围攻》中的句子，仿佛看到这英俊苍白的诗人，布尔乔亚的英雄，拖着他的跛腿在呼问：往日的繁华，而今安在？我不免为之感到一丝怅惘与悲哀。不过我知道这软绵绵的感觉，其实和那摩罗诗人的原意早已是大相径庭的，怀古凭吊，发些感伤和思古的“幽情”，本是东方人的趣味，但在中国人眼里，荣辱兴衰，存亡成败，似乎只是顺延着自然的意志，其中轮回递变，周有其期，凭吊者虽有无限感慨，甚至还泪眼相向，但也不过是发点儿诗性、留点儿墨迹罢了，何曾认真过。

西方的诗人可就不同了，他会因为对一种文明的挚爱而甘愿去献身。这毁誉参半的诗人，不就是出于这样的一种不可思议的感情，去投笔从戎，并献身在这土地上的吗。他曾天真到因为热爱希腊的文明，就憎恨统治希腊的土耳其人，他变卖自己全部的财富武装了一支雇佣军，自己还亲自担任指挥官，与土耳其人战斗，最后死于战场。

那曾是为青年鲁迅推崇过的一种精神，“摩罗诗歌”的精神，用生命践行自己诗歌理想的精神，但这精神而今早已中断了。

关于拜伦之死，有个“很边缘”的说法，说拜伦并非死得壮烈，亦未曾在战斗中负伤，而是死于庸医之手。因为他得了伤寒，高烧不退，当时的医疗条件很差，医生相信给只要病人放血，就会减轻病状，于是就不断给拜伦服泻药，还放掉了他四磅多的血，最终因为失血过多而死——很冤。不过，这似乎也并没有减少拜伦的一生所带给人们的传奇想象。

我搜寻良久，没有在这为鲜血和诗意的浪漫浸染过的土地上找到什么。最后唯一给人一点安慰的，是看到了一座让人兴奋的现代的伟大工程——人们在19世纪劈出了一条壮观的过海运河。因为这里是整个希腊与伯罗奔尼撒半岛连接的最狭窄处，经过这一条运河，从雅典和爱琴海向北，进入亚得里亚海，变得只有一步之遥。难怪这里会成为自古的兵家必争之地，站在科林斯狭小的平原上瞭望南北，蔚蓝色的海面近在眼前，一脉相接。运河的水面非常宽，更深，从岸上望下看，深逾百米，如临暗蓝的深渊，或有如俯望《神曲》中的冥界景象。两岸巨石如同被神工鬼斧劈出一般，这工程应该是现代希腊人的骄傲了。在20世纪60、70年代希腊海运兴盛的时代，它的作用可见一斑。

茫然中我已经不得不终结了我的科林斯之旅，我甚至连叹息一声还没来得及，车子就开始继续前行了。

穿过了一片山地，地形峻拔壮观了许多，景物丰富起来，心情也渐渐爽朗了。往山下看，山坡地上满布的大概是一小块一小块的油菜地，金黄色的花朵正怒放着，它们使得这有些寥落的山野多了些许生机，而且在蓝天下显得格外耀眼夺目，这对我来说，犹如在中国的南方常常看到的景致一样亲切。另一种一丛丛的显然有似果树的林木，是我这长于北方的人很感到陌生的，它们的叶子灰土土的，说是绿色，但又不像通常的绿色那样鲜亮，看起来好像蒙了一层灰尘。我问旁边的友人，这是什么树木？他说：这不是橄榄吗？橄榄！你竟然不知道橄榄，希腊最有名的果树啊！

这就是橄榄？我禁不住失望地小声叹了口气。这就是在那么多的辉煌的建筑、雕塑、诗歌和神话中出现过的象征和平、尊贵和典雅的橄榄——让我差一点就视而不见地错过了。我说，它的枝叶也太普通了吧，友人答，或许是因为现在正值冬季，叶子还没有完全返绿呢。

车子经过一带村庄，我略有点倦意地望着那些民居，被它们千篇一律的白色晃得眼睛有些酸疼。忽然一个发现令我震惊，原来这里的居民家的院子里，确切地说是屋门前——如果我没有搞错的话——都有一两座突起在地上的坟墓！大约是白色的石棺，其约三分之一是在地下，三分之二是在地上，石棺的四周栽了月季一类的花草，倒也显得有几分雅致，但无论如何是外面的人所吃惊的，虽然完全可以猜想其中埋葬的无非是自家的亲人，但到了夜晚难道他们不会感到阴森？

不知是司机还是导游放起了音乐，是富有地中海风情的那一种，柔婉动听的旋律让我得以从那景象中缓过神来。但稍有不解，希腊的音乐给我的感觉似乎已特别带了阿拉伯和土耳其那种风格的影响，以弹拨乐器为主，婉转、清丽、辽远，也带有一种说不明白的忧伤，但我相信那是一种非常古老和优雅的音乐。我说不清那些乐器的名字，但可以感受到它们与德国和欧洲其他地方的不同，仿佛从清凉的海上漂来的，也像是从遥远的古代传来的声音。不容你不神清气爽，我差不多要把刚才那点沉重和惊骇忘记了。

面前忽然出现了一座模样很怪的山：高大，陡峭，颜色特别有点幽深——不是因为有树和植被，而是其山石的裸露和暗淡，像是一座刚喷发过不久的火山的样子。车上的导游，那位漂亮的希腊女孩突然兴奋起来，她在大声地介绍这山的历史，我依稀听到她说，这就是传说中希绪弗斯受罚推石头上山的那一座，仰角也许超过了45度。我当然将信将疑，但看那座山的造型时，也确实觉得奇妙，是一个非常规则的圆锥体。我想如果神是在这里惩罚希绪弗斯的话，确乎是选对了地方。在这座山上，不要说推石头，就是命令他每天徒手爬上去，怕也是很惨的待遇了。我想起加缪对希绪弗斯的称赞，他因为对神祇的轻视，对死亡的憎恶和对生命的热爱，才付出了如此大的代价，这代价就是他必须终生去做一件毫无意义的事情。据说希绪弗斯的罪名之一，就是乞求河神伊索柏斯给科林斯城堡一个水源。他为自己的热情和慈悲付出了代价，可见他是一个舍己为人的英雄。正如加缪所说，一个荒谬的英雄，和普罗米修斯一样。

这使我对科林斯的印象大大地有所改变，带上一丝壮阔，几许诗意。

我在想，古代的诗意缘何被削弱？归根结底是现代文明已改变了一切——包括人类自己的经验和感觉，还有以往的那些文化和地理的概念。不要说希腊的神话时代，即便当年诗人拜伦从英国到西班牙，辗转意大利来到希腊时，旅途的漫长和艰辛，也足以使他以为自己已经来到了传说中的东方。巨大的时空错位感，使他在这里找到了大海般汹涌澎湃的灵感，并写下了他的系列的“东方叙事诗”。那时他的那种浪漫诗人的感觉，我想

科林斯的渡海运河，横穿阿提卡米岛的最狭处

希腊那波里埃皮达乌斯的古代剧场

和他在大海上的漂泊和羁旅中的艰险是分不开的，人力的有限反导致了想象的扩展。放在现在，从英国到希腊，飞机不过两小时的路程，到处都可以看见一模一样的肯德基和麦当劳快餐，甚至连超市都是连锁的，世界都到了一体化的时代，何况是在未出家门的欧洲本土。哪里再去找那份神秘和浪漫的感觉？所以也难怪现今已再没有浪漫派的诗歌土壤，更不会再有拜伦那样以身殉诗的诗人了。

不过，对我来说，这仍然称得上是一次精神上的奢侈之旅。毕竟我看到了那么多——这可是希腊啊，我的皮肤不禁因为激动而起了一层层的小疙瘩。

……

地球上也许再没有哪一个地方会像这里一样，有如此明媚而充足的阳光。那波里到了。

它的橙黄色的光束飞过来！像古老的时间和曾经辉煌的传说一样，穿过爱琴海瓦蓝的背景，直达我的毛孔和心间。那波里是橙色的，满山遍野长满了橙子，那波里靠着蔚蓝的大海，那波里盛产着大片的棕榈，那波里散发着爱琴海民歌的忧伤……甚至我们都闻见了咸腥的海水，听见了远处传来的海妖的歌声。

但好景一点不长，大巴拐了个弯儿，在接近海边的一座古代城堡边兜了一圈，却又折向了另一个方向。却是为何？我从那城堡的下面过时，看到它真是雄伟异常，那样的城堡是怎样建在悬崖峭壁上的，凭空在山顶上又长出了一截？这么想着，它倏忽间就从棕榈的树影间消失了。

兴许是时间的问题了，我们未被允许在这海边盘桓。我不知道这旅游公司是不是故意给我们的旅行项目“缩了水”，既然不叫看，为什么还要带我们到这诱人的地方，车上的人都有些许失望。但也无法，总不能自己跳下去单独行动，看来只有“客随主便”的份了，敢情希腊人民也会玩这个。

导游小姐又说了，“别着急，前面会有好看的，我保证”。于是人们又安静下来，车子折向了东北方向，在不远处的一座山下停下来。埃皮达乌斯到了，小姐说。但她一嘟噜得快了，我就什么也听不懂了。关于这里的地理和历史的知识，大概已经属于比较专业的范畴了，我只知道这里的古代露天剧场是很有名的，其他就不太清楚。我们跟着她向一座平缓的山坡走去，事情不出所料，一座依山而建的剧场展现在我们面前。

这就是埃皮达乌斯的半圆形的露天剧场，全希腊最早的剧场，当年的三大悲剧家的那些伟大的作品，想必最初就是在这里上演的。这样的剧场，我在雅典卫城西侧的山下也看到过一座，但论历史，这一座要比那个早了近千年。不知是经过了修缮，还是本就如此，这剧场的看台看起来还是那么整齐，些许的残破并没有影响到它整体的观感。我踩着石阶和缝隙间的小草，向高处攀登着，想寻找一个当年的观众的感觉。

其他的游客也一样各自寻找着自己的感觉，这时我忽然听到了一阵哗啦哗啦的声响，像是风声吹动着什么，往下面看时，是那个导游小姐在抖动一张报纸，奇怪，她那样轻轻地一抖，我在这么高的台阶上听起来居然就像是扩音器传出的声音。她抖了几下，仍旧如闻风雨之声，随后她解释说，现在她是站在整个建筑的“焦点”处，在这个点上，悲剧演员只要一朗诵，整个半圆弧形的剧场的任何一个角落，都能够清晰无误地听见他的声音，因为这是严格按照几何学定律建造的剧场。说完她又试了几次，并且模仿演员的样子说了几句台词，在我们听起来，真的就像是被放大了的声音一样。

我不禁为古代希腊的那些哲人和建筑师们的智慧感到惊奇，从庄严的神庙，大理石的雕像，到这比现代人更富奇思妙想的剧场，希腊的文化确实叫人赞佩。的确，没有哪一个民族能够像她这样严谨而精巧，富有创造力而又一丝不苟，将如此丰富的想象力与科学的精神统一得如此完美。

剧场的旁边不远处，是那波里的古代文明博物馆，我们随后参观了这座规模并不是很大的建筑。照理说看到这些文物也该有些兴奋，但不知为

那波里博物馆收藏的牧羊神与阿芙洛狄忒。这样完整的雕像在希腊并不多见

何却又是叹息——完全不是我在巴黎的罗浮宫看到的那样，几乎没有一件文物是完整的，所见要么是肢体残破不全，要么是面孔已严重破损，和我们在雅典的国家博物馆见到的情景比，更有过之而无不及。人们都明白，好的和完整的，差不多都或毁于战火，或早已经流入了几百年来的诸般列强那里——罗浮宫，大英博物馆，还有美、德、意、俄……那些“更好的保护者”的手里。世界上的文明古国的文物，差不多都是同样的命运。

回程自然略带了些疲倦。毕竟不平静的心情已经持续了一整天，和这古老土地上的夕阳一样，渐渐柔和暗淡下来。令人感伤的吉他曲又响起来了，抬头看那雅典的导游少女，竟然也把头歪到一边睡着了。她的漂亮的脸蛋儿上有一抹夕阳打上的红晕，很恬静，也很有点不谙世事的样子。在这张脸上，我依稀可以看到一点那来自雅典娜或者阿芙洛狄忒的高贵血缘，但却怎么也看不出历史，那沧海桑田的旧痕。她是美丽的，年轻，单纯，并没有些许的复杂和感伤。当这巴士穿越她祖国最古老的一部分的时候，她大概进入了一个短短的甜梦——一个遥远的东方人永远无法想象的梦里。

伯罗奔尼撒越来越远，灯火辉煌的雅典越来越近。

爱琴海上

飞行，金苹果
奇异的果香一路撒播
在抵达女神们高傲的明眸之前
已充满光耀
阴鸷而炫耀的色泽，金苹果
奥林匹斯山节日的引领者
在人神共有的枷锁上
一只古老的纽扣招摇闪烁

滚
　落
世界的静默从此终结
那动听而迢遥的颤音
惊醒爱琴海
和海上流浪的盲歌者！
……

世界上还有哪一片海洋，能像她这样充满了神秘的气息？看见她的时候，就想起了我十多年前写下的那些句子，幼稚而炽烈。有一个时期，我痴迷着希腊的一切，但今天能够真切地面对她，却属始料未及。

在地图上，她似乎很小，但在荷马的诗歌里，她却很大。她那暗蓝色的水波让我狂想。

在现代人的想象里，她是和一场旷日持久的战争连在一起的，爱琴海，战争和神话使她拥有了更无限辽阔的水面。然而那是怎样一场壮观而愚昧的战争，为了那个美丽而轻薄的女人，因为她的背叛给希腊人带来了耻辱，于是举国兴兵，同仇敌忾，不惜死更多的人，让更多的夫妻忍受分离的痛苦……一部不朽的史诗，竟是诞生于这样一个契机。但这就是希腊，一个“发育最完善的儿童”，用她那童年的激情，天真和梦想，奇怪的逻辑，现代人永远不能解释的思维方式，创造了这样的历史。因为她属于伟大的酒神，被日神桎梏得奄奄一息的现代人，怎么能够想象和理解她的世界和逻辑？

暗蓝色的爱琴……这活的画卷。我注视着她，是否还有海神波塞冬那隐现着的巨大的尾鳍，有女妖塞壬那随风弥漫着的迷人魂魄的歌声？战火是从这里烧向东方的特洛伊，光荣和灾祸也是从这里跟踪而回。多少英雄，还有他们的威猛战舰已葬身于这片水域。我似乎看到了当年的海伦，是怎样痴迷地带着她那绝世的美丽，和不可避免的愚蠢，从这海上被花花公子拐走；还有智慧的奥德修斯，他对妻子和故乡的那永不动摇的忠诚，究竟又因何而生？是缘于美德，还是另一种完全不同于背叛的本性？为什么在同一个种族里，就有这样巨大的道德对立？

是道德的对立吗——这解释恐怕又是出于现代人的逻辑。我窃想，所有的美德和恶行在纯朴的希腊人看来，也许根本就没有什么分界，那一切不过都是人性的自然流露，至少他们会这样来解释。连杀父娶母的俄狄浦斯，在索福克勒斯的悲剧里面也都成了抗争命运的感人英雄，那么还有什么人性的本恶，不能被原谅和化解？这是独属希腊的智慧，也是这民族心灵至纯至洁的证明。

还有美狄亚，她的对负心人的狭隘而非理性的复仇冲动，居然使她令人发指地杀死了自己的一双亲生儿女。但这也没有使人感到她人性的邪恶，相反而是感到了最叫人刻骨和震撼的悲情——她必须被同情和原谅。

这就是希腊，她那现代人永远难以比拟的爱琴海一样的心胸……

现在，我正驶向那让奥德修斯不堪回首的海面。

一夜期待的兴奋，几乎使我未眠，好容易等到这了这一刻，我们的游船从雅典西部的港口出发了。上船的情景十分热闹，大约也是为了营造“人气”的需要，船东颇费心思，搞了许多欢迎的花样，欢快的音乐中，是民俗味极浓的歌舞，几个穿着民族式盛装的少女和男青年，跳着节奏感很强的舞蹈，几位美少女则轮番地邀请所有的游客合影留念，姿势非常大胆亲昵，这让刚刚上船的人们大大地兴奋了一番。

我们的游船名字似乎就叫“雅典娜号”，船不大，游人也不能算是很多，大约有不及百人的样子。游玩的路线是往西南方向，路程大约有百多公里，正好适合一天的行程。主要景点有两个岛，一个叫珀洛岛，一个叫埃及娜岛，在希腊都是有众多历史古迹的去处。但对我来说这显然不是最重要的，最重要的是海上的风光本身——没有来到爱琴海上，怎么能算是到了希腊？

去程相对要长些，因为要先抵达最远的珀洛岛；回程则分成两段，中途去游埃及娜岛，然后回雅典。

“雅典娜号”游船上的歌舞

游船航速渐渐加快起来，原先风平浪静的海上好像刮起了风，空气被船头激起的水花浅得潮潮的，有些腥咸。几只海鸥跟在船尾，大概是寻觅什么不期而获的食物。海水渐渐变得趋于深蓝。因为气候环境属于干燥的“副热带高压”区域，淡水输入量少，所以，比之一般的近海和内海，地中海的颜色要显得更蓝些。海上的景色也就更显得深邃和神秘。

热烈的气氛还在持续蔓延，一些手里拿着照相机的人满脸堆笑地凑了上来——他们热情得有些叫人担心，把镜头对准你，只要你不反对，他就会给你照下来，甚至你已经表示谢绝了，他也还是坚持把快门按了下去。有人显然已经抗议了，这时导游小姐过来解释说，他给你拍的照片会在15分钟内冲洗出来，就挂在客舱的走廊里，你愿意要的话，当然可以付费领取，但如果不愿意，也可以不理他，无所谓。过了一会儿，我过去看了看，果然，有我的两幅，还放得老大，其中一张是上船时和礼仪小姐的合影，只是因为风吹得头发太乱，连自己都觉得难过，就放弃了。那个长着一脸络腮胡子的中年男人有点遗憾，对我耸了一下肩，我当然也只好还他一个遗憾的表情。

爱琴海小岛上的建筑

我的兴致其实还是一直在海上，我发现我们的船差不多是一直沿着伯罗奔尼撒半岛的东缘行驶的，时而可以看到它弯曲的海岸，附近大大小小的岛屿，以及稀稀落落的建筑。希腊的民居看起来与德国和欧洲其他地方是这样的不同，除了结构都为方形平顶，颜色也都是耀眼的白色，完全不同于哥特式的、也不同于古代希腊的那种传统，而看上去和北非还有中东的阿拉伯建筑反倒很相像。甚至可以这么说，今天的希腊，反而比世界上的其他地方更“不像”希腊；或者也可以反过来，今天世界上的很多地方，都比希腊自己更“像”希腊。欧洲的其他国家，那些标志性的建筑，意大利就不用说了，像德国的勃兰登堡门，法国的爱丽舍宫，英国的白金汉宫，美国的国会大厦和白宫，都有希腊古代建筑的影子，几乎所有主流的代表国家政治的建筑，都多多少少会有希腊建筑的元素——因为它象征了民主与理性，连我们中国的人民大会堂的外观，也毫无例外地融合了这样的设计理念。世界“希腊化”了，而希腊却在屡屡的外族入侵中变的面目全非。

约上午十点钟的样子，珀洛岛到了。游船停在它的一个十分险要的港湾里，海岸边可以看到一排古代的大炮，显见得这里曾经是一个要塞。大丛的仙人掌堪称一景，密密麻麻地覆盖了港湾旁陡峻的山坡，初时远看还以为是裸露的青石，近了仔细一瞧，才知道是一片片令人生畏的屏障。这使这干旱少雨的岛上平添了些许生机，也更带了点独立王国的味道。下得船来，便遇到了一群一哄而上的导游和小商贩，这不奇怪，出人意料的，是另一群让人心惊肉跳的特殊的欢迎者——一大群寻找东西吃的野猫，一个个直竖着尾巴，眼睛盯着游客手里的吃食，时而飞一样地掠向另一个方向。它们穿过人群犹如出入无人之境，无声无息，宛若梦游者，堪为一道奇观。

去岛上的游览是松散自由式的，古迹当然少不了要看，但最给我留下印象的还是民居的风情。岛上主要的街道是沿海的一条，有点像南方中国的某个滨海小镇，街道狭小，但房檐错落，店铺林立，就连露天的街道上也摆满了各种商品，是以旅游纪念品为主。在那儿我给女儿买了一件火红色的T恤，是印着太阳图岸的希腊文字的那种，也许是光线特别强的缘故吧，我总觉得那颜色过去见所未见，心想女儿一定会喜欢。不管怎么说，这可是来自希腊的！

接近正午的阳光格外地强烈起来，身上穿的衣服不得不一件件地往下减，虽不感到有多么热，但头上却止不住有点冒油了。想找个躲避的地方

珀洛岛街景

也没有，心想这希腊人平时怎么受得了，这么透明的空气，这么无可遮拦的阳光，连一棵稍大点的树也没有，如何抵抗这强光直晒。便尽量往路边的商店里躲。遂知道他们因何喜欢白色，还是隆冬时节便已如此，到了酷夏时却又奈何？

但其实只是光照厉害，来到小镇的里面，就知道别有洞天了，一幢幢小巧的房舍，精巧地连接在一起，白色的粉墙间点缀着稀疏但是漂亮的鲜花，有的显然是玫瑰，有的是说不出名字的藤类，在房檐或者院墙上攀缘，四周静悄悄的，见不到出入的人影，心想总该有点“狗吠深巷中，鸡鸣桑树颠”的感觉吧，却是寂寂无声。是真的无人居住，还是喜欢宁静，真有点世外桃源的味道。

也许是因为疲惫，回程远没有来时的热闹。我们在船上吃了“免费的午餐”——是配给的，船票里当然早已包括了饭钱。“雅典娜号”依然劈波斩浪，但船上却安静了下来，只有轮机单调的嗡嗡声。游客们大都靠在客舱的座位上睡过去了，我也扛不住这瞌睡的传染，对着爱琴海出神地望了一阵子，靠着舷窗迷糊过去了。

大约三点多，第二站埃及娜岛到了。又是排队下船，应付各色商贩的招呼纠缠。相比珀洛岛，这个岛要大得多了，地势很开阔，离雅典也更近。

埃及娜岛上的东正教堂，比雅典城的要华丽雄伟得多

在地图上看，它和科林斯、雅典之间，差不多可以构成一个等边的三角形。关于它的历史我们所知甚少，但可以看见数座在雅典看不到的庞大的东正教堂，其华丽堂皇令人瞠目，这当然都是近代以后的痕迹了。单从教堂的规模，似乎也可以看出社会财富的多寡，西欧的天主教堂极尽雕琢繁华，和雅典城里低矮朴素的东正教堂相比，正好构成了鲜明的区别。

去岛的东部约三十公里处，有一处古代神庙的遗址，也颇为壮观。从海岸坐车去这遗址，花了将近一小时的时间。沿途的景色也与中国的乡村无异，狭窄和时而尘土飞扬的公路，两旁显得破败简陋的民居，偶尔看到的牲畜，还有山间踯躅着的苍老而衣衫破旧的牧羊人……这景象让人不免有种恍惚。那神庙可真是“面朝大海，春暖花开”，它矗立在岛的最东端的海角上，周围是丛丛绿树和剑兰，还有稀稀落落的桃李之类，开着一树树

夕光中的爱琴海

粉色的花，远处则是金色的沙滩和暗蓝的大海，远近彼此映衬着，十分壮观。庙宇也和其他各处所见的一样，都残破了，约有多半的大理石柱还耸立着，另一些则七零八落地坍塌在基座间，那情景宛若一片刚刚结束了厮杀的古代战场，还站立着的勇士正垂手肃立，默默祭奠着死去的同伴……

天色呈现了混沌的红色，黄昏把海天染成了同一片颜色。连远处高耸入云的山峰也变得柔情万种。爱琴海的晚景辽阔而肃穆，有种怀古的苍茫。仿佛昔日重来，只是不见白帆点点，是一条条冒着青烟的钢铁之物。我在想，这么一天的海上旅途，在奥德修斯那儿不知又要变成多少日的蹉跎？

我拍下了这壮丽的景色，但也有一丝丝怅然——那海妖塞壬的歌声，如何才能得以听闻？

后　记

从 2000 年 10 月到 2001 年 3 月，在德国美丽的古城海德堡，我度过了将近五个月的时光。工作是给海德堡大学古代学与东方学学院的学生讲授一门关于中国当代文学的课程，课的名字叫“中国当代文学中的历史叙事”。

这注定是一座给我留下难忘记忆的城市：黛蓝的山色，宁静的水波，蓊郁的丛林，古老的街道，中世纪的传说，人和自然在这里演绎着不变的和谐与眷恋。

这是一座人文氛围浓郁的城市：这里有建于 1386 年的德国境内最古老的大学，这里是德国最著名的旅游城市之一，这里镌刻着众多不朽的人文足迹，青年黑格尔第一次在这里取得了教授职位，荷尔德林曾在这里郊外的山间吟哦，在一条街上我至少看到了巴赫、老施特劳斯、施宾格勒、雅斯贝斯、伽达默尔等众多先贤与哲人的旧居。20 世纪 30 年代，也有来自遥远东方的青年，在这里留下了他们探寻的脚步——诗人冯至曾在这里读完了他的博士学位，他的朋友梁宗岱也曾经来这里游学，涅卡河畔他们曾留下了年轻的身影。还有当代，几乎所有重要的中国作家和诗人，都曾经来过这个美丽的城市……

海德堡会成为梦一般的记忆，还在置身其间的时候我就这样预感，而恍惚飞逝的时光则使我有抓不住的忧虑。也许是因为季节，气候，还有个人的性格和心境，这城市在给我留下了温馨和美丽记忆的同时，也给我留下了始料未及的些许孤寂和颓伤——那阴郁的冬天使我这习惯了干燥的中国北方气候的人，有梦游般的记忆。而现在，那些阴郁或者明媚的时光，都一去不复返了。在闲暇与无聊的冬夜，我记下了那些散乱和片段的感想。

还有法兰西和希腊，它们留给我的记忆比起德国来，要单纯和明朗得多。我知道那除了气候和心境的原因，还有时间的原因——走马观花和目不暇接使我来不及有更多的联想和感慨，但我同样难忘它们。我甚至后悔，许多该去的地方因为各种原因，特别是因为自己的慵懒和惰性而没有来得及去，这是颇为遗憾的。下次再有机会，定当秉烛夜游才是，要把那些美景和古迹悉数看尽……而此刻我一直在想的是，为什么同样经历过战争和灾祸，而他们的建筑、文化遗迹、环境、人文和自然的一切还保护得这样完好，而我们为什么就不能？每每想到欧洲的人们在为了一株枯蛀的古树或者一幢颓毁的建筑，而不无夸张地呼吁甚至游行的时候，我们却在义无反顾地推毁老房子，把旧城改造成现代化的“新城”，我的心就要冒烟——我们的本就存留无多的传统文明，究竟还能有多少可以留给我们的子孙？

我要把这本小书献给我在德国的朋友们：她们是雷曼施奈德教授(Prof. Dr. Andrea M. Riemenschnitter)，魏格林教授（Prof. Susanne Weigelin-Schwiedrzik)。没有她们的热忱帮助，我不可能得获这样一个珍贵的机会。在海德堡期间，魏格林教授作为大学的副校长和汉学系的主任，曾数次亲自安排和主持我的个人演讲；当时是海德堡大学汉学系的研究员、现在已是瑞士苏黎世大学教授的雷曼施奈德女士，则作为我教学工作的直接合作者，给予了我非常具体的帮助。作为学者，她们广博的知识，严谨的品质，以及对思想和真知的不懈探求的精神，都给我留下了深刻的印象。同时，特别要感谢雷曼施奈德教授，她在生活上也给予了我很多关照。还有海德堡大学其他的朋友们，我的金发碧眼的学生们，多位中国的学者朋友们，他们和她们的友谊和帮助，也使我获益良多，在此谨一并致以感谢。

作者

2001 年岁末，于济南舜耕山下

再版后记

在写下这本小书之后的若干年里，我相继有机会读到了几本书，有关欧洲和海德堡历史文化的书，之后便为自己当初的无知和大胆感到了后悔。想，如果换成现在，就算在欧洲住上几年，打死我也不敢写什么文字。想来十年前如果不是因为年轻，对新鲜的地理和文化抱着那样容易兴奋的热爱，那样容易一惊一乍，怎么也不会写下这些让人汗颜的文字。

不过，换一个角度，毕竟年轻也是好的，虽然无知，但毕竟还有热忱，还有感动，有真诚的爱憎和鲁莽的判断，有把感受付诸文字的冲动。等到自以为成熟了，许多美好的东西也就随之丧失。2006 年我重游欧洲，住了几个月，也走过一些地方，有难忘的美景和记忆，但却至今没有记下一个字。想来想去，我终于感到什么是可耻的衰退——年轻的稚气和鲁莽固然令人出汗，但老练的世故与懒惰更会让人羞愧。多年后翻看这些文字，我除了为自己一些过于简单的想法、过于浅薄的感慨而感到羞赧，也因那些时光和记忆的美好和单纯而倍觉珍惜与留恋。

我想我今天珍视的，也许只是我那时对于东西方文化思考的热忱，对于这块遥远的异域文明的好奇。我在漫无目的的游荡中，时时注目那些生命、那些建筑和景物以及它们背后的历史和人文，这使我获益良多，同时也得以消遣我的愁闷和无聊。我在想，在这全球化的时代里，一切陌生的东西都不再陌生，一切新鲜和浪漫的感受都已耗尽，而我们的国家在这些年中似乎也已经和“世界”越来越近——至少已不再那么落后和贫困，但是，我们是否还保有了对文化的热爱，对于不同文明探寻了解的热情，是否还有对于人类未来的忧思和关怀？我希望自己的这些文字能够给人一丝提醒，能够唤起读者的一份热忱和责任。

感谢中国人民大学出版社的朋友们，他们把这本业已布满时光灰尘的小书翻出来，让我做一个修订本，以重新奉于读者。我只好满怀感动地找出旧作，对原文做了一些补充和订正，另外还把初版时因篇幅要求删掉的几篇文字，也一并检视修改，放了进来，以还读者一个比较全面和原始的面貌。成书之时，免不了还要对过去帮助过我的朋友，对于远在欧洲的几位同行，对于初版时给予我许多督促和建议的编辑，还有不少对本书表示了喜爱和鼓励的读者，一并表示衷心的谢意。

2011年4月10日，北京清河居

图书在版编目（CIP）数据

海德堡笔记/张清华著. —北京：中国人民大学出版社，2011.11
（天下文丛）
ISBN 978-7-300-14818-2

Ⅰ.①海… Ⅱ.①张… Ⅲ.①海德堡-概况 Ⅳ.①K951.6

中国版本图书馆 CIP 数据核字（2011）第 242509 号

天下文丛
海德堡笔记
张清华 著
Haidebao Biji

出版发行	中国人民大学出版社		
社　　址	北京中关村大街 31 号	邮政编码	100080
电　　话	010－62511242（总编室）		010－62511398（质管部）
	010－82501766（邮购部）		010－62514148（门市部）
	010－62515195（发行公司）		010－62515275（盗版举报）
网　　址	http://www.crup.com.cn		
	http://www.ttrnet.com(人大教研网)		
经　　销	新华书店		
印　　刷	涿州市星河印刷有限公司		
规　　格	170 mm×210 mm　16 开本	版　　次	2012 年 2 月第 1 版
印　　张	15.25 插页 10	印　　次	2012 年 2 月第 1 次印刷
字　　数	185 000	定　　价	36.00 元